密偵姫さまの㊙《まるひ》お仕事

登場人物紹介
ウィベルダッド
リグロ王国の王子。
武術に長け、自ら軍を
指揮することもある肉体派。
エリクセラ
ル・ボラン大公国の姫。
兄たちと共に野山を駆け巡る活発な性格。
訳あって、商人に扮し大国リグロに潜入する。

エリクセラの両親
ル・ボラン大公国の君主と公妃。
国民と家族の幸せを第一に考えている。
コウロ
リグロで屈指の
商会の跡取り。
エリクセラの義兄。
ベルエ
モングリート侯爵夫人。
愛人との色欲に
溺れている。
モングリート侯爵
派手好きで悪趣味なスケベ親父。
エリクセラを手籠めに
しようとした。

序章

しゃらん。小さな鈴が腰元で鳴った。

私が身にまとっているのは、飾りの鈴と刺繍《ししゅう》で縁取りされた布。その生地は肌触りがよく光沢もあり、一見して高価なものだとわかるだろう。

しかし、それは面積が極端に小さく、肌が透けて見えるほど薄くて――

「あら、これも素敵じゃない？　ねえ侯爵夫人」

「んまあ！　いいわ～。じゃあこれも……あ、これも！」

「はい、ありがとうございます！」

にっこりと笑みを浮かべて、私は商品を袋に入れていく。

ここはとある侯爵家の別邸で、今は二人の夫人が私の持ってきた衣類の品定めをしているところだ。自信を持ってお薦《すす》めできる商品なだけに、褒《ほ》められるのはとても気分がいい。

しかし……目の前にいる彼女たちの姿は……

広いお屋敷の中のかなり奥まった居室、侍女もいない場所にいる二人の夫人は、裸同然の姿をしていた。つまり、乳房や下腹部のみ、ごくわずかな布で隠されている、あられもない下着姿だ。

ちなみに、商人という立場の私も、同じ格好をしている。商品を見てもらうには、身に着けたほうがわかりやすいから――そう、私が売っている商品とは下着である。それにこの格好なら武器などを隠し持っていない証拠にもなるしね。

夫人たちは乙女のように目を輝かせ、下着を眺《なが》めたり手触りを確かめたりと非常に楽しそう。とはいえ、このような下着姿は、女同士だけれど私も目のやり場に困る。

なぜなら、この下着は、とある機能に特化しているからだ。

「これで三人目、狙えるかしら」

「ウフフ。よその女にうつつを抜かしてる場合じゃないわよって、これを着て誘ってみるわ」

――そう、この下着は……性的な魅力を引き出すためだけの、誘惑下着だった。

透けて見えるほど薄い布地は、胸の突起《とっき》部分を否応《いやおう》なく明らかにする。また丈もかなり短いため、ふわりと揺れるたびにふくらみが垣間見えてしまう。下腹部を覆《おお》う布も透けていて小さく、そもそもの用途である〝隠す〟という用をなさず、それどころかコトに及ぶ際、脱がさなくてもいいように絶妙な隙間が開いている。

うう……早く……早く、服を着たい！

全裸より、むしろ恥ずかしい。商売だから着ているが、そうでなかったら私は絶対いらない。

とはいえ、目的のために手段を選んでいる場合ではないのだ。

私は、ル・ボラン大公国の姫、エリクセラ・ル・ボラン。

このたび、商人のふりをしてリグロ王国に潜入しています――！

1

私がなぜリグロに来たかというと、愛する妹と我が国の危機を救うためにほかならない。

事の始まりは、二週間前――


ル・ボラン大公国は、山岳地帯に位置する小さな国だ。

険しい山々に囲まれ、それに加えて極寒の気候で一年の半分を雪に閉ざされている。

ほんのわずかな痩《や》せた平地で芋《いも》などを育て、主な食糧を確保。そのほかは、険しい環境でも育つ山羊《やぎ》を飼うといった形で、かなりつましい生活をしていた。

周辺の大国と違い、領土も狭く日々の生活も困難なため、私たち家族も国民と共に労働していたが、そこに悲愴感《ひそうかん》はなく常に笑顔が溢《あふ》れていた。

貧しいながらも平和で穏やかな日々を送っていた暮らしに転機が訪れたのは、およそ八年前。

領土の一部から、鉱物が発見されたのだ。

それはまばゆい光を放つ石――希少価値が高い宝石らしく、たまたま我が国を訪れていた他国の行商人が、一目見るなり飛びついた。

【ル・ボランの星】と名付けられたその宝石は、近隣国の貴族に絶大な人気を博し、今や常時品切れ状態。それでも求める者があとを絶たず、値段も釣り上がる一方だった。

こうして、貧しかった公国は瞬《また》く間に潤《うるお》ったのである。

つい先日も、リグロの隊商がそれを求めてやってきた。夜には彼らとの交流を深めるための晩餐《ばんさん》会《かい》があり、私も滅多《めった》に着ないドレス姿で参加した。

そして一団が帰る際には、ルフォード兄様と狩りのついでに見届けた。私たちは王子、姫といえど普通に狩りをするし、木や岩を登るのだってお手のもの。その時も、狩りのついでに下山していく一団の様子を、高い岩場から眺《なが》めていたのだ。

山岳地帯に住む者は皆一様に目がいいけれど、私は特にいい。それに足も速く、足音を立てずに走るのも、わけなかった。

姫としての素養よりも、密偵としての素質のほうがはるかにあるな、と冗談交じりに言われたこともある。

――だから、リグロへの潜入も任せてもらえたのかもしれない。

その日、夕食が終わりお茶を皆で飲んでいた時に、父様が「家族全員、あとで私室に来るように」と言った。それは、大事な話の合図だ。なにかあったのかしら……。なんだか悪い予感がして胸がドキドキと痛くなる。

お茶を飲み終えた私は逸《はや》る気持ちを抑えて、いつもの日課である狩りの支度をしてから父様と母様の私室に向かった。扉をゆっくり開けると、リータ姉様と妹のルティエル以外は皆、揃っている。

温かな雰囲気の居室は、落ち着いた焦《こ》げ茶色の床板に、この地方特有の美しい模様が入ったカバーが掛けられたソファが置かれている。テーブルは年季の入った飴色《あめいろ》で、長年大事に使ってきたものだ。私が幼い頃は、ここで母様や姉様たちに刺繍《ししゅう》を習った覚えがある。でも、私は刺繍《ししゅう》より弓の腕を上達させたくてあまり教わらず、兄様たちに交じって、山を駆《か》けまわるほうを優先させていた。

皆は入室した私に気付いてないらしく、額を寄せ合ってなにか真剣な話を続けている。深刻そうな空気に怯《おび》えながらその輪に近付くと、ミリア母様が私に気付き、声を掛けてくれた。

「あら、エリセ」

家族は私のことをエリセという愛称で呼ぶ。その母の声を聞いたほかの皆もハッと顔を上げた。

「おおエリセ、遅かったな。寒くはないか？　さあ暖炉《だんろ》の傍においで」

次《つ》いで、父様にも声をかけられる。父様は若い頃、波打つ銀髪が美しかったらしい……が、今は白髪《しらが》と見分けがつかないのが残念で仕方がない。

「ここに温かいミルクがあるわよ。リータは来られないから、集まれる者はこれで全員揃ったのね」

母様は、少し離れた国から嫁いできた。漆黒の髪はル・ボラン出身者にはいないから、かなり珍しい。父様とは、大恋愛の末に結婚した、と風の噂で耳にしたことがある。最後は父様が攫《さら》うようにして母様をこの国に連れてきたとか。本当の話かどうかわからないけれど、確かめるのは実の親だけあって気恥ずかしい。

暖炉《だんろ》の傍に行くと、パチパチと薪《まき》の爆《は》ぜる音と体を芯《しん》から温める炎が私を迎えてくれた。

「母様、ルティエルは？」

「まだ熱がちょっと高いの。でも夕食を少し食べたわ」

「よかった！　食欲が出てきたのね」

ルティエルは、私の妹。体が弱く、先日のリグロ隊商との晩餐会《ばんさんかい》にも今日の夕食の席にも出られなかった。それにあまり長い時間、出歩くことはできない。子供を持てるほど体力もないから、おそらくは嫁ぐことなく一生をこの城で過ごすだろう。それは、両親はもとより、この城に住む者すべてが覚悟していた。

でも悲愴感《ひそうかん》に包まれているかと言ったらそうでもなく、ルティエルは体調がよければ庭園を散歩するし、城の者と笑い話もする。そんな妹のことが皆大好きで、本人も明るく毎日を過ごしていた。

せめて、大病《たいびょう》せず穏やかに過ごしてほしいな、と心から願う。

私は、全部で七人きょうだいだ。

一番上は、兄のエイブラ。二十七歳で次代君主。

二番目は、姉のリータ、二十五歳。

三番目は、兄のルフォード、二十四歳。

四番目と五番目は双子の姉で、リエルコとルエルコ、二十二歳。

六番目は私、エリクセラ、十八歳。

そして七番目は、妹のルティエル、十四歳。

私とルティエル以外はすでに結婚していて、普段は離れて暮らしている。

ちなみに、今日この場にいないもう一人の人物、リータ姉様は、三年前に隣国リグロに嫁いだ。お相手は、リグロで三指に入るイヤル商会の後継ぎであるコウロだ。彼はリグロの使節団の一員で、以前晩餐会《ばんさんかい》を開いた時に、リータ姉様に一目惚《ひとめぼ》れしたらしい。散々口説いてうちの両親も説得し、とうとう姉様は絆《ほだ》されて嫁いだけれど、今では本当に仲睦《なかむつ》まじく暮らしている。先日二人目が生まれたばかりで無理できないため、今日は来られなかったというわけだ。

四番目と五番目の双子の姉様は揃って妊娠中。国内の若手貴族と結婚したので、私はあまり動けない姉様たちの用事を代わりにこなすこともある。

そして私も、もうすぐ嫁ぐことになっていた。

まだ相手も聞いていないけれど、結婚は嫌！　と言うつもりはない。私はル・ボラン大公国の姫だし、婚姻によって国の安定を図《はか》る役目がある。すでに結婚している二人の兄と双子の姉も、当然ル・ボランにとって利する相手と一緒になった。それぞれの相手は父様が選んだのだけど、皆、相手と会うなり意気投合。あっという間に愛し愛され、お似合いの夫婦となっていた。だから、父の選んでくれた相手ならきっと大丈夫だと思うし、運命を嘆《なげ》いたりもしない。

私もいずれ兄姉《けいし》のように幸せな夫婦になれるのかな……そうなれればいいな……

あとしばらくしたら、誰かと結婚する。それを思うと、なんだか胸の奥がこそばゆい。

「父上、そろそろお話を？」

じっとうつむいていた父様に、エイブラ兄様が切り出した。

身重《みおも》な姉様たちを連れ戻してまで話したいこととはなんだろう。疑問の視線を投げかけると、父様は顔を曇らせる。

「実は……実は、非常に言いにくいことなのだが……レイモンから――ル・ボランの星の採掘権《さいくつけん》を差し出し一番下の娘をレイモンの三番目の息子に嫁がせろ、という内容の書簡が届いた」

「えっ！」

「嘘！」

ぎゅうっと胸が締め付けられる。

「……レイモンめ、なんということを」

口々に驚きの声を上げる兄弟《きょうだい》たち。ぎり、と誰かがきつく歯を噛《か》みしめる音がした。

我が国に隣接するレイモン国の歴史はまだ浅く、一説によると各国を追われた犯罪者が、まるで澱《おり》が溜まるように集まる国だと言われている。常に周辺国と諍《いさか》いが絶えず、評判は大変よろしくない。とても危険な国だ。

我が国はレイモンとリグロ王国、カジャ、トゥーケイの四国に隣接しているのだけど、リグロをはじめとする三国が友好的な分、レイモンとの関係の悪さが際立って感じられる。

特にリグロはうちのような小国に対しても正当な代金での取り引きを行《おこな》ってくれるし、対応も誠実だ。その一因に、姉のリータの存在があるだろう。イヤル商会の長男、コウロはリグロ王国の王子と懇意《こんい》にしているらしい。

リグロ王国はこの大陸最大の国である。そんなリグロの国境付近の町や村に対してレイモンは襲撃を繰り返しており、いずれ大きな戦争になるのではないか、と噂が流れていた。

もしそうなった時、我が国はどう舵取《かじと》りをしていくべきか、父様や兄様たちは連日夜遅くまで話し合っている。

けれど、まさか我が国にそんな要求をつきつけるとは……

暖炉《だんろ》の熱で暖かいはずの室内が急に寒くなった気がして、私はぎゅっと自分の体を抱きしめた。

「父上、それがレイモンの使者が届けた文《ふみ》ですね」

「ああ、そうだ。我が国が条件を呑まなければ、雪解けの節目であるリヤイの日に、最大勢力をもって攻め入ると書かれていた……それに、交渉には一切応じない、とも」

エイブラ兄様の声に力なく答える父様は、がっくりと肩を落として目を伏《ふ》せる。

ここル・ボラン大公国は、父様からさかのぼって五代前の時代に、小規模な戦争が起きた。だけどそれ以外は、国内の小さな揉《も》め事――弓で山鳥を落としたら、相手の土地に入ってしまった。でも返してくれない、なんとかしてくれ――程度しか聞かない。

本当に平穏な……というか、非常にのんきな暮らしをしていた私たち。

要塞《ようさい》のような険しい山々に囲まれているといえども、雪という天然の城壁のない時期に、数に物を言わせて攻め込まれたら、とてもじゃないけれど持ちこたえられないだろう。

我が国唯一《ゆいいつ》の財源であるル・ボランの星を採掘《さいくつ》し尽くされたら、国民たちにもまた貧しい生活を強《し》いることになってしまう。

それに一番下の娘、つまりルティエルは若いし、なによりこの国一番の美少女である。レイモンの奴らは、どこかでその噂を聞きつけて、このような文《ふみ》をよこしてきたのだろうと、私は考えた。

攻め入られれば、国民を路頭に迷わせることになる。しかし要求を呑むこともできず、父様は頭を抱えた。

そんな父様に寄り添う母様と二人の兄様は、床を見て溜息を吐く。

双子の姉も、顔を見合わせながら不安そうにお腹を撫《な》でていた。

なにかいい方法はないものか……。いや、こうなった以上、元通りではいられない。それならなにか、まだマシな方法がないものか――国民の生活を守るため、みすみすと採掘権《さいくつけん》を渡すわけにはいかない。とはいえ両方の要求を突っぱねたら反発されるのは目に見えている。ここは片方の条件を呑み、もう一方は譲歩《じょうほ》してもらえるよう掛け合うのが最良の策のように思う。でも、体の弱い妹を嫁がせることも絶対にできない。となれば……

私は、ぐるりと皆を見まわし、からからに渇《かわ》いた喉へ無理矢理唾を流し込んだ。

「――あの、さ」

声が震《ふる》えていたので、咳払《せきばら》いし、腹に力を込めてさっきより大きな声を出す。

「それ、私じゃダメかな」

全員の視線が自分に集まる。その迫力に気圧《けお》されながらも、私は背筋を伸ばした。

「エリセ……？　なにを言っているんだ」

「私がルティエルの代わりに、嫁ぐ」

「馬鹿を言うんじゃない。お前も私の大事な娘だ。軽く考えるな」

「そうよエリセ。だいたいあなた、結婚を控えているじゃない」

「だって父様も母様もわかってるでしょ？　ルティエルは体が弱くてこの城から出るわけにはいかない。でも私なら、どんな境遇に追いやられても耐えられる」

大事な妹を、そして大好きなこの国を守りたい。その一心で名乗り出た。

「エリセ！　簡単なことじゃないんだぞ。外交問題へ気軽に首を突っ込むな。俺たちが回避する方法を考えるから、大人しくしていろ」

ルフォード兄様は私に詰め寄る。だけど私はそれをものともせず、言い返す。

「私にどうこうできることじゃないっていうのはわかってる！　でも、国民も妹も私の大切な家族……役に立ちたいの！」

「わかってるなら黙っていろよ！　感情だけでものを言うな」

「その言葉、そっくりそのまま兄様に返すわ！」

今回のことは、大事な国民と妹の危機であり、そんな時にじっとしていられるわけがない。誰になにを言われても、絶対に引かない覚悟だった。

「……二人とも落ち着け」

一番上のエイブラ兄様が止めに入る。血気盛んで筋肉馬鹿なルフォード兄様とは対照的に、エイブラ兄様は冷静沈着な頭脳派だ。その次期君主は、苦悩する父様と身代わりになる気満々な私を交互に見て、いつものゆっくりした口調で話す。

「父上、まず……返答まで、まだ期限がありますよね」

「三ヶ月だ。雪解けの節目である、三ヶ月後が期限だとレイモンは言っている」

「……いいだろう、俺様が相手だ、かかって来い！」

「ちょっと、ルフォード兄様！」

熱くなりやすいルフォード兄様は、自慢の腕力を発揮したくて仕方がないようだ。普段、大きな岩を運んだりしているせいか、無駄に筋肉が発達している。ルフォード兄様は、うおお、と叫んでいるが、皆慣れたもので、涼しい顔をして耳を塞《ふさ》いだ。

「エリセは……身体能力が高いですよね」

「え？　……はい」

ルフォード兄様を放置し、エイブラ兄様が淡々と話を続ける。突然話を振られた私は、目をぱちくりと瞬《しばた》いた。

「それに、一度言い出したら聞かない性格だ。放っておいたら輿入《こしい》れに向かう馬車に、ルティエルの代わりに勝手に乗り込みそうなくらい」
バ、バレてる……!?　たとえ申し出が受け入れられなくても、力業《ちからわざ》でどうにかしようと考えていた。
それに、三ヶ月という期限の間、ただ時が来るのを待っているつもりはない。

とにかく、私もなにか役に立ちたい――その思いを込めてエイブラ兄様を見つめる。

エイブラ兄様は顎《あご》に手をやり、しばらく目を伏《ふ》せ考え込む。そして、顔を上げると父様に目配せし、なにやら頷《うなず》き合っている。

「父上、我が国はもはや独立国家として立ち行かないでしょう。ですが、このままレイモンに乗っ取られるわけにはいきません。でしたら、いっそこちらから近隣諸国……レイモンではない別の国に併合を持ちかけるのはどうでしょうか」

エイブラ兄様の提案に、皆がハッと顔を上げた。レイモンに侵略されるくらいなら、平和的に受け入れてくれる国に併合してもらったほうがよっぽどいい。

「だけど、その相手はどこだ？　リグロか、北に位置するカジャ、もしくは西のトゥーケイか？」

ルフォード兄様が身を乗り出して言うと、エイブラ兄様は頷《うなず》いた。

「レイモンに言い渡された期限は三ヶ月後。三ヶ月しかない、と思えば短いですが、使える時間がまだそれだけあるという捉《とら》え方もできます。そこで、私がカジャ、ルフォードがトゥーケイ、そして……エリクセラをリグロに向かわせるのはいかがでしょうか。その中で……よりよい条件で併合を受け入れてくれる国を見定めたいと思います。国の規模からいってリグロが受け入れてくれるとなれば、それで決まりでしょう」

「私がリグロに行けばいいのね？　わかったわ。エイブラ兄様ありがとう！」

「ちょっと、待ちなさいよエイブラ兄様！　エリセにそんな危険なことさせるつもり？　そうよね、ルエルコ！」

「リエルコの言うとおりよ。嫁入り前の娘がそんな……得るものよりも失うもののほうが大きいわ」

同じ顔をした二人に詰め寄られるが、エイブラ兄様は反論した。

「私には考えがあるんだ。心配かもしれないが、ここは私に従ってエリセをリグロに行かせてほしい」

エイブラ兄様の思惑《おもわく》はわからない。けれど、私も国民と妹のためになにかしたい。だからエイブラ兄様の考えに乗るに決まっている。

我が国を、平たく言えば身売りとなるが、できるだけ好条件で受け入れてくれる先を探す。今の我が国には、ル・ボランの星という資源があり、望みはあるはずだ。

ル・ボラン大公国は、平和で皆が手を取り合って仲良く暮らす、僻地《へきち》の小さな国——

父様は、常々私たちに『皆が幸せになれるように、私たちは国を治めているんだからな』と口を酸っぱくして言っていた。畑仕事を国民と一緒にやり、笑い合う。まるで国全体が家族のような関係で、温かな雰囲気に包まれている。

皆がこれからも笑って暮らせるように、大事な妹のルティエルを守るために……

「……父様。私を、リグロに行かせてください！」

2

『一番下の娘をもらう』とレイモンから通達があったのは、つい二週間前。

その後、私はリグロに行くことになった。母様、姉様たちは最初、反対していたけれど、エイブラ兄様が皆をうまく説得してくれたようで、ルフォード兄様と三人で手分けして、隣接する三国へと旅立った。私はリグロに赴《おもむ》き、父様から預かった書簡を渡す任務を仰せつかっている。

私は、靴底に隠した書簡を思い浮かべた。

『これを……リグロのウィベルダッド王子に渡してくれ』

そう言って、父様が私に託したのだ。蜜蝋《みつろう》で封をされているため内容はわからないけれど、国の併合と、国民の命を最優先にしたい旨《むね》が書かれているのだろう。

託された時の父様の真剣なまなざしを思い出す。無茶はするなと言われているけれど、絶対に任務を完遂《かんすい》しようと気合いを入れた。

国力の差からいって、話を聞いてもらえるかはわからなかったので、商人のふりをして潜入し、王城に近付こうと考えた。

最初はコウロを頼って、仲が良いとされている王子に直接渡りをつけてもらおうと考えていた。しかし、ちょうどトゥーケイ国へ買い付けに行っていて不在という間の悪さ。だからといって産後間もない姉に頼んでなにかあってはいけないし、さらに別の人を紹介……というのは、国の大事な秘密を守るため避けたかった。

コウロは近日中に戻るらしいけれど、それまでなにもせずにはいられない。だから自力でなんとかすると決め、王城に出入りのある貴族たちに取り入ろうと思いついた。彼らが飛びつきそうなものを用意して近付く、という算段である。

平和に飽いている女性たちの関心事といったら、噂話と流行と——閨《ねや》での秘め事に関するもの。我が国にはそれに最適なものがある。それは、ル・ボランの星をあしらった誘惑下着だ。双子の姉様たちに手伝ってもらい、国を出立《しゅったつ》する直前まで何十枚もの下着を作った。

——ほんっと、好きねぇ……四六時中こういうこと考えているのかしら。

今日も私は、とある侯爵夫人の邸宅に呼び出され、販売会をしていた。招き入れられたのは寝室で、現在お客は二人。この家の夫人とその友人だ。これからもう一人、来ることになっている。

二人の夫人は私がいるにもかかわらず、ヒソヒソと秘密のやり取りを始めた。

「彼、すごく性欲が強くて二回じゃ終わらないの」

「羨《うらや》ましいわ。私の彼は一回でぐったりよ。もう一人は若くて三回頑張れるけど、ちょっと愛撫《あいぶ》が下手なの。交換します？」

「若いなら、教え甲斐《がい》があるじゃない。ところで、旦那様はヤキモチ焼きませんこと？」

「うちはいいのよ。割り切って結婚した相手だわ……あんな下品な男」

「あら、おたくの御夫婦は険悪なのね？　うちは公認ですし、たまに複数――」

どっ……堂々と愛人との伽話《とぎばなし》ですかっ!?

私は二人から少し離れた場所に立っているため、聞こえていないと思っているのだろう。しかし私は、遠くで野兎が枯れ草を揺らす音も聞きつけるほど耳がいい。そんな内緒話など、筒抜けであった。

まあ、なんとあけすけな……これが貴族のご夫人方なんだろうか。

この侯爵夫人からはすでに数回注文を受け、来るたびに彼女の親しいご夫人何名かが同席している。

少しでも王城で顔がきく人に近付きたい、と思っている私のもとへ、とうとうお目当ての人がやってくることになった。――モングリート侯爵夫人のベルエだ。

もうすぐ彼女もここに到着すると聞いている。

不安と緊張が高まってきた。そんな時は、首から下げたペンダントの小さな石を軽く握《にぎ》り、目を閉じる。

一見するとただの石のように見えるけれど、実はル・ボランの星の原石である。一人前の淑女《しゅくじょ》だと認められる十五歳の時に、その記念として母様から渡されたものだ。いよいよ大人の仲間入りだという誇らしさと、くすぐったさを感じた。けれどこれは母様が用意してくれたものではなく、リグロからやってきた使節団の人からの贈り物らしい。友好の証《あかし》にと、リグロの意匠で作られたル・ボランの星のペンダントは、一目見た瞬間気に入った。以来、肌身離さず着けている私の宝物である。

「奥様！　よくいらっしゃいました。さあどうぞこちらへ」

この館のご夫人の弾むような声が隣部屋から聞こえ、モングリート侯爵夫人が到着したとわかった。私は緊張から喉が渇《かわ》き、ごくりと唾を呑み込む。

どういう態度で臨《のぞ》むべきか考えているうちに寝室の扉が開いた。

「この部屋に誰も来ないように、ちゃんと言いつけてありますわよ、ベルエ様？」

「そう、結構。ねえあなた、この小娘が例の商人なの？」

「ええ、そうです。口は堅いのでご安心くださいませ。それに、例の物はちゃんと用意させました」

ベルエは初対面の私を、不審《ふしん》そうに睨《ね》め付ける。頭の天辺《てっぺん》からつま先まで視線で舐《な》めまわされ、ちょっと気分が悪い。

でも、笑顔を張り付けてなんとか堪《こら》えなきゃね。

気を取り直して商品を一つ一つテーブルに並べて見せると、目を輝かせて「まあ！　まあ！」と黄色い歓声を上げ、態度を一変させる。そこからはほかの二人と賑《にぎ》やかに、見本品を私に着けさせたり自《みず》ら試着したりと楽しんでいた。

こんな場面でも、自国の製品を褒《ほ》められるのは素直に嬉しい。

織り物や刺繍《ししゅう》は、一年の半分を雪に覆《おお》われて身動きできない地域だからこそ発達した技術だ。その技術を活かして双子の姉が誘惑下着を作製したのだが、なぜこれほど完成度が高いのかと言うと……

『私たちの両親みたいに、私も子どもがたくさんほしいのよね！』

『そうね！　旦那様に頑張ってもらわなきゃ！』

と、元々自分で使う用に製作していたらしい。

そもそも、ル・ボラン大公国は子だくさんの家庭が多い。なぜならば、雪の時期は必然的に家に篭《こも》ることになり、つまり夫婦の楽しみといったら……その……快楽というか……性行為になるというか……うん……

知った時は、恥ずかしさよりも、ああなるほどな、という納得のほうが強かった。

「ねえあなた、名前は？」

姉たちに想いを馳《は》せていたら、ベルエに尋ねられた。私は散らばった商品を畳《たた》む手を止め、背筋を伸ばして笑顔を貼り付ける。

「はい、エリセと申します。今後ともご贔屓《ひいき》にお願いします」

商魂《しょうこん》も付け加えることで、商人の演技をより完璧なものにしようとしている私を不審《ふしん》に思うこともなく、ベルエは満足そうに頷《うなず》いた。

「これ以上の商品を持って、今度私のサロンに来て頂戴《ちょうだい》」

「奥様の——モングリート侯爵夫人のサロン、ですか？」

「ええ、そうよ。場所は……ああいいわ、後日使いを出すから」

この場で場所を明かさないとは——ぬかりない。ベルエの夫は特段高い地位にあるわけではないが、彼女自身は類稀《たぐいまれ》な話術でかなりの交友関係を築いていると聞く。ならば、乗らない手はない。

「かしこまりました」

そう言うと、ベルエをはじめとするご夫人方が、もう用はないとばかりにこちらに背を向けた。帰れという意思表示だ。私は丁寧に腰を折り、その場を辞《じ》した。

寝室の隣にある物置で着替え、屋敷を出る前に執事から下着購入分の代金を受け取る。相場より多めなのは、口止め料が上乗せされているからだろう。

屋敷を出たあとは、寄り道せず滞在《たいざい》している宿に戻る。むやみに出歩き、素性《すじょう》がバレたら目的を果たせなくなるからだ。

私の素性《すじょう》は、リグロ王国の北の国境付近に人知れずある集落の出身ということにしている。そこから城下町へ出稼ぎに来たところ徐々に評判が広がり、最近では貴族のご夫人方も相手にしている、といった筋書きだ。

「あと一息！　次はベルエ夫人を攻略よ！　……あー、でも疲れたー」

部屋に入るなり、ベッドにぼすんと体を投げ出した。

天井の板の目をぼんやりと眺《なが》めながら、さてあのベルエの呼び出す場所はどんなところだろうかと考える。

そうしているうちに眠くなり、緊張から解放された気の緩みか、夢の世界に旅立ってしまった。

3

ベルエ夫人からの知らせは、思ったよりも早かった。

初めて対面した二日後に、使者が私の宿を訪ねてきたのだ。慇懃無礼《いんぎんぶれい》に『明日、とある場所に行くから準備を怠《おこた》らないように』と申しつけられた。

畏《かしこ》まって了承し、さっそく選《よ》りすぐりの誘惑下着を鞄《かばん》に詰め込んだ。そして、きっと今回も例にもれず着用見本にされるだろうから、沐浴《もくよく》をして体を磨《みが》いておく。

翌朝、指定された時間に宿の前で立っていると馬車がやってきて、私の目の前で止まった。一介の商人を相手に馬車とは……。過分な待遇《たいぐう》で驚いたけれど、言われるままに乗り込んだ。

そうやってしばらく馬車に揺られ、到着して下りたのは、なんと……

「……お城、ですか？」

「無駄口を叩くな。ついてこい」

そう言ってベルエの使いは石畳の上を歩き出す。私は遅れないよう慌ててその背中を追いかけた。

……思った以上にすごいわ。

今、歩いているこの石畳は、形が統一されていて凹凸《おうとつ》が少ない。腕利きの職人が手間暇かけて加工したのだろう。

——やっぱり、リグロはすごい。ル・ボランとは、資源も技術も桁違《けたちが》いだわ……

大きな門をくぐり、周囲のものにいちいち感心しながら歩いて城の内部に入る。石造りの城の中には等間隔にランプが灯《とも》されている。廊下には絵画や彫刻が置かれ、瑞々《みずみず》しく美しい花も生けられていた。城の中央部と別棟の間にある中庭は、天に向かってぐんと伸びた木が涼しげに葉を揺らし、季節の草花が足元を彩《いろど》っている。

私が連れてこられたのは、王城の敷地内にある、貴族が居住する別棟だ。城内にはいくつもの建物が点在していて、ふと自国の城を思い浮かべ、あまりの国力の違いに溜息が出る。すれ違う下働きの者たちも、身綺麗にしているし歩き方も上品に見えることから、教育が行き届いているのもわかった。

国が豊かだと、こんなにも違うものなのね……

私が住んでいる小さな城は、古く傷《いた》んでいて、毎年どこかしら修繕《しゅうぜん》が必要だった。それを私たち家族も、城で働く者と一緒になって直していく。衣服だって食事だって、皆と同じだ。

さすがに他国から来賓《らいひん》があった時には盛大にもてなすけれど、この国と比べたら——

「——ぎゃっ！」

ぼんやりと自国のことを思い浮かべていたら、立ち止まった使者の背中にぶつかってしまった。

「着いたぞ。中に入れ」

痛がる私になんの反応も見せず、使者は冷たく言い放った。

じんじんと痺《しび》れる鼻を押さえながら、開かれた扉の中に足を踏み入れる。

「失礼しま……す？」

入ったところは、五歩も歩けばすぐ次の扉がある小部屋だ。取り次ぎの侍女が、そこで私を待っていた。

「名前は？」

「エリセと申します。本日は奥様から、服の申しつけに呼ばれました」

どうやらここで最終的な身体検査をするようだ。体中をまさぐられるのは非常に気分が悪いけれど、下手に抵抗すれば怪しまれるから、気の済むようにさせる。

存分に調べた侍女は、私を次の間《ま》へと案内した。

ギギ、と軋《きし》む音を立てながら扉が開かれる。するとそこは、光と色の渦《うず》だった——

「う、わ……」

私は思わず目を閉じた。眩《まぶ》しくて目が焼かれそうなのをなんとか堪《こら》えながら、ゆっくり目を開く。

金、金、金、赤、金……！

強烈な色が襲ってくる。それらは部屋のインテリアだった。天井を覆《おお》い尽くすほど大きなシャンデリアが、光を反射してギラギラしている。そしてカーテンやソファ、カーペットはすべて濃い色で、飾られた壺《つぼ》なども金色でド派手。一言で言えば、趣味が悪い部屋だった。

お金のかかっていそうなものを見せびらかすみたいに置いてあり、なんだか胸やけがしてきた。

そこで、ふとこの城内に入った時の雰囲気を思い出す。この部屋とはまったく違い、建物や家具の色合いも統一されて、調度品の配置も洗練されていて上品だったのに……

くらくらと眩暈《めまい》を感じていた時、さらに先にあった扉が開いた。

そこから出てきたのは、ベルエだった。

「早くこっちに来て。……まったく、遅いじゃないの！　私たちを待たせるなんて、どういうつもりかしら」

私に冷たい一瞥《いちべつ》をくれながら踵《きびす》を返して奥に行ってしまう。帰れ、という訳ではなさそうだ。

「大変失礼いたしました。すぐに準備させていただきます」

お迎えのかたが来てすぐに出たはずなんだけどな……

しかし機嫌を損ねられては困るので低姿勢で謝罪し、急いで部屋に入る。

するとベルエと同年代らしき女性が五人いて、一斉《いっせい》に私に視線を向けてきた。

彼女たちは私と目が合うと、それまでのヒソヒソ話をやめる。針一本落とした音にも気付けそうなほどの静けさが、あたりを支配した。私は、緊張から唾を呑み込もうとしたけれど、その音すら聞こえてしまいそうで我慢する。

この部屋の中央には天蓋《てんがい》付きのベッドが鎮座《ちんざ》しており、その奥には衣装部屋らしき場所があるようだ。

……この部屋、寝室にしてはすごく広いわ。

侯爵の身分だとしても、これほどの規模の部屋を与《あずか》れるものなのだろうか。それほどの地位にあるとも聞かないけれど、どうして……

不思議に思いながらも、商人の顔を貼り付けて準備を始めた。

部屋の端にあったテーブルを借り、真ん中に移動させて、その上に鞄《かばん》を置く。鞄《かばん》の留め具を外して開くと、そこには我が国が誇る技術を集結させた衣類がたっぷりと詰められている。それを見た夫人の仲間たちは、一斉《いっせい》に息を呑んだ。

「ねえ……見て……やっぱり間違いないわね……」

「ほしかった物が、ほら、そこにあるわ！」

「どこ？　……あっ、噂の宝石ね？」

ふたたび、ざわめき始める。皆は、私が持ってきた誘惑下着に興味津々《きょうみしんしん》だ。

さっそくご夫人たちから着用した時の雰囲気が見たいと申しつけられる。これも毎回のことで、もう慣れたものだ。とはいえ、本当に殿方たちの性的興奮に結び付くのかは、私にはさっぱりわからないけれど。

残念ながらというか当然というか、私はまだ処女だ。

一国の王女というのは、男性にとって火遊びには向かない相手だし、ル・ボランで私に手を出そうというものは皆無《かいむ》だった。

私だって……男女の関係に興味がないと言えば嘘になる。だって、姉様たちの話を聞いていると、とても気持ちがいいものらしいから。ただ同時に、初めての時は強烈に痛いということもわかっている。

——っと、今はこんなことを考えている場合じゃなかった。軽く頭を振って気持ちを切り替え、目の前のことに集中しようと気合いを入れる。

さて、と。だいたいこんなものかしら？

商品を並べ終えた私は、自《みずか》らの服に手を掛けた。すでに衣服の下に誘惑下着のひとつを着けてきたから、支度《したく》は早い。恥ずかしさに慣れることはないけれど、それでも相手は女性だけなので、根性で乗り切ることにする。

「お待たせしました」と言って、ご夫人たちの前に出た。

すると、それまで商品を手に取り、縫製《ほうせい》を確認したり、肌触りを楽しんでいた人たちが、一斉《いっせい》に私に注目した。

「あら、素敵！　こうやって着けるのね？　ん……ええと、ちょっと触ってもいい？」

「はい。こうやって横の紐を解《と》くと、それだけで脱げるようになっています」

胸や背中、そしてお尻のあたりの薄布の上を、ご夫人方の手が滑《すべ》る。微妙にくすぐったいけど、ここで妙な動きをしたら不審《ふしん》に思われそうで、ぐっと我慢する。

「いいわね、これも……あ、これも。あら？　この小さくてキラキラしたの、ル・ボランの星だわ！　贅沢《ぜいたく》に設《しつら》えてあるのね。ところで、ここに置いてある長い紐はなにに使うの？」

「あ、はい。ちょっと刺激がほしい時に、両手首を縛るための紐です。肌を傷《いた》めないよう、柔《やわ》らかく編まれていますよ」

「……あら。ちょっとそそるわね」

「私もほしいわ〜。たまに革紐で縛られると痛いし、跡が残るの」

「もっと荒縄みたいにキツいのはなくて？　わたくし、痛いほうが好きなのよ」

夫人たちの物欲と色欲は留まるところを知らず、誘惑下着は飛ぶように売れた。

そ、そんな赤裸々《せきらら》にお互いの性癖を話すものなの……？　貴族の奥様って怖い！

その後も彼女たちはおしゃべりを続け、今ある商品の購入依頼だけでなく、オーダーメイドでの注文も賜《たまわ》った。

若干《じゃっかん》顔を引きつらせながらも、私はそれらの要望を帳面に書きつける。かなり細部にわたって注文を付ける人がいたり、ル・ボランの星を満遍《まんべん》なくちりばめてほしいという贅沢《ぜいたく》な要望があったり、とにかく数がほしいと、驚くほどたくさんの注文を入れる人もいた。

『外国の貴族は見栄《みえ》っ張りばかりだ』と、以前兄様たちが言っていた通りだと思った。あの夫人が五つ注文するなら、じゃあ私は六つ、あの夫人がル・ボランの星を十個つけるならば私は二十個と、競い勝つことで虚栄心《きょえいしん》を満たそうとしているようだった。

こうして、たっぷり時間をかけて注文を受けたあと、満足したらしい夫人たちからようやく解放された。ベルエ以外の夫人たちは、興奮冷めやらぬ様子でペチャクチャとおしゃべりをしながら部屋を出ていく。

今回はかなりの収穫だった。人数もさることながら、有力貴族の奥様達の御贔屓《ごひいき》になれそうだ。これでようやく、城内に入る伝手《つて》ができた。

さて私もお暇《いとま》しようと、商品を鞄《かばん》にしまっていた時、ベルエから声を掛けられた。

「あなた、ちょっと用があるの。そこで待ちなさい」

「え？　……は、はい」

「手は一旦《いったん》止めて。片付けは話が終わってからで構わないでしょう？」

散らばった下穿《したば》きの一枚を摘《つ》まみながら夫人が言う。私は言われた通りに手を止め、夫人の前に進み出て両膝《りょうひざ》をついた。

「今日、評判がよかったから次の話もしたいの。よろしくて？」

「ぜひお願いします！」

やった！　また城内に入ることができる！

私の高揚《こうよう》した気分を、商売への情熱と受け取ったらしい夫人は、次の日程と、今回と同じ迎えをよこすことなどを上機嫌で言った。そして、「ル・ボランの宝石の大きいものと、もっと際どい下着を用意しておきなさいね」と私に命じ、部屋の外へと出ていく。きっと、先ほどのご夫人方を見送りにいったのだろう。

その隙に、私は下着の上に肌着を身に着け、さらにその上に一枚で膝下《ひざした》まで隠れる布を羽織《はお》って腰のところを紐で軽く縛る。外套《がいとう》は部屋を出る時でいいかな、と手際よく鞄に詰め込んだ荷物の上に置いた。

城への出入り回数が増えれば、城内の場所を把握《はあく》できるようになるだろうし、父様に託された文《ふみ》を王子に渡す機会が生まれるかもしれない。

徐々に道が開けていく手応《てごた》えに喜びをかみしめていたら、背を向けていた扉が音を立てた。

「奥様？」

まだなにか用があったかかな、と振り返った私は、心臓が飛び出るかと思うくらい驚いた。息が詰まり、そのお陰で悲鳴《ひめい》を上げずに済んだのはよかったのかもしれない。

——そこには、戻ってきたベルエではなく、夫人と同世代の男性が立っていた。

「ほう……あいつが連れてきたのはこれか。また毛色の違う娘だな」

夫人をあいつ、と呼んだことと、寝室に入ってきたことから察するに、この男性はモングリート侯爵だろう。

「は……初めまして」

……話が見えないけれど、とにかくこの場から逃げなければいけない気がした。

軽く混乱しながら閉められた扉を見ていると、モングリート侯爵がゆっくりと近付いてきた。

「お前はここでなにをしていた」

ざらついた声で低く笑う彼に、寒気がした。

「え……あ、はい。私はベルエ様のご用命により、ここを訪れた商人です。ええと……そろそろ失礼させて……いただくところですが……」

一歩、一歩、と侯爵が近付くたびに、私の震《ふる》えが大きくなる。

まずい、これは、まずいわ。

頭の中に警鐘《けいしょう》が鳴り響く。

「帰らなくてもよい。大人しく服を脱いでベッドに転がれ」

「……ベッド？　どういうことですか」

「金ならあとでくれてやろう。庶民には身に余る大金だ。感謝するがいい」

いやいや待ってよ。私の意思は？

「私は服を売りに来た商人です。体を売ることはしておりません」

「なにを言う。お前はどうせ商売女だろう」

「ち、違いますっ！　……あの、奥様は？」

「あいつなら用事を思い出したとかで、ここにはもう戻らん。さあいい子だ、あとは儂《わし》に任せておけばよいぞ」

いよいよモングリート侯爵との距離が、目と鼻の先まで近付く。

好色《こうしょく》そうな目つきで、頭の先からつま先まで舐《な》めまわされ、ぞわっと鳥肌が立った。言ってなんとかなる相手ではない。逃げなければ。それには――

あと、二歩、一歩……

「こっちに来い。具合を確かめ……がっ！」

あと一歩、というところで私はうしろに置いてあった外套《がいとう》を引っ掴《つか》み、体を捻《ひね》りながら侯爵の顔に叩きつけた。そしてすぐにスッとしゃがみ、思いっきり両手で侯爵の大きな腹を押し飛ばす。

「ぐあっ！」

後方へ仰向《あおむ》けに倒れた侯爵の腹を、ついでとばかりに踏んづける。そして傍に落ちていた外套《がいとう》を拾って頭から被《かぶ》り、鞄《かばん》を持って部屋を飛び出る。前の間《ま》に控えていた侍女が私と入れ違いで寝室に入っていった直後、悲鳴《ひめい》を上げた。

あ、まずい。と思ったけれど時すでに遅し。回廊に出たところ、侍女の悲鳴《ひめい》を聞きつけた巡回の衛兵がこちらに駆《か》けてくるのが見えた。こちらは外套《がいとう》を頭からすっぽり被《かぶ》って大きな鞄《かばん》を持っている、いかにも怪しい人間だ。ここは逃げるしか選択肢がない。

ええっと、どこに……どこに逃げたらいいの⁉

今いる場所は、二階……左に行けば衛兵がいるので、右の回廊を突き進むか、それとも——

迷ったのは一瞬だった。目の前の手すりを掴《つか》むと、鞄《かばん》を抱えたまま、えいっと飛び降りる。

やけになってという訳じゃなく、この建物に入った時、しっかりと城内の地図は頭に叩き込んであった。飛び降りながら、城の壁面に備え付けられた飾り棚の上に一度足をついて衝撃を和《やわ》らげ、それから中庭の花壇に着地した。地面は私の体を柔《やわ》らかく受け止めてくれる。それから素早く低木が生い茂る中に体と鞄《かばん》を滑《すべ》り込ませた。

遠くで、衛兵たちが私を探す声がする。その声はどんどん遠ざかっていくので、なんとか逃げおおせたようだ。私はゆっくり呼吸を整える。この中庭はかなり広いし、そうそう見つからないと思う。

そんなことを考えていたら、いきなり茂みから手が飛び出してきて——掴《つか》まれた。

えっ、なにこの手……手？

突然の出来事に、反応が遅れた。

次の瞬間、私の視界は一瞬空の青さを映し、次の瞬間真っ白になる。

「……っ！」

がんっ、と衝撃を感じ、背中から地面に叩きつけられた。遅れて熱湯を掛けられたような熱さと痛みが襲ってくる。でも、今は痛がっている場合ではない。脱出しなければ！

足を振り上げ、下ろした勢いで下半身を捻《ひね》って、掴《つか》まれた腕を外そうと試みる。しかし、逆にその回転に乗じて肘《ひじ》の関節をガッチリとキメられてしまった。

「く……っ」

少しでも身じろぎすれば、肘《ひじ》が悲鳴《ひめい》を上げる。私を捕らえたのは、相当な手練《てだ》れに違いない。腕が折れるかどうかの絶妙な力加減で押さえ込まれた。

私……ここで終わり、なの……？

「何者だ」

胸がぎゅっと縮《ちぢ》むような恐ろしい声が掛けられた。声の調子から、男だとわかる。男は、私の両手首をうしろ手にひとまとめにし、逃げないようがっしりと捕まえる。そして、乱暴な手つきで私の身を起こした。

その拍子《ひょうし》に、ズキンと腰のあたりに痛みが走った。こんな怪我《けが》をするのは久し振りで痛くて涙が出そうになるけど、そんな弱い姿を見せたくない。自尊心を必死にかき集めて背筋を伸ばし、男に視線を合わせる。

ぐ、と目に力を込めて睨《にら》み返そうと思ったのに……あれ？

目の前にいる精悍《せいかん》な顔つきの男は、まさかとでも言うように目を見開いていた。

思っていたのと反応が違うなと思いつつ、こちらも男の姿を観察する。

年齢は、私より五歳ほど年上に思える。ル・ボランより南に位置するリグロ王国の人々は、私たちより若干《じゃっかん》肌の色が濃い。目の前の人物も、そのような肌の色をしている。瞳は澄《す》んだ群青色《ぐんじょういろ》で、じっと見ていたら吸い込まれてしまいそうだ。彼はなにかに動揺しているらしく、一瞬ではあるが瞳が揺らめいた。

亜麻色《あまいろ》の短い髪を、おでこの真ん中で左右二つに分け、横は無造作にうしろに流している。

衛兵にしてはやたらに身なりがよく、しかし貴族にしては体が締まっているし、いったい何者だろうか。さっき私はこの男から何者だと問われたけれど、私のほうこそ聞いてみたい。

でもこの人……なんとなく、だけど……悪い人ではなさそうだわ。

モングリート侯爵と対峙《たいじ》した時のような嫌悪感はない。

「今……モングリート侯爵に追われています」

一《いち》か八《ばち》か端的に伝えると、男は「そうか」と短く答えるなり、私をすっぽり懐《ふところ》へと包み込んだ。

「え、ちょっと待って、どういうこ――ぎゃっ！」

「いいから黙っておけ」

ぎゅっと体を男の胸に押し付けられてしまったうえ、もがいて背中にまわされた手にがっちりと抱え込まれて動けなくなる。

――とその時、混乱する私の背後から、複数人の足音が聞こえた。

「失礼します！　このあたりで不審《ふしん》な人物を見かけませんでしたか？」

不審《ふしん》な人物と聞いて、無意識にビクリと肩が揺れる。やはり私を追ってきた人々だった。

「ここにはいない。よそを探せ」

男は私を抱きしめたまま、そう答える。緊張から身を硬くしていたところに、彼があまりにもあっさり私を匿《かくま》う嘘を吐いたことに驚いた。

衛兵に突き出されないのは、ありがたいけれど……

男の意図が読めない。私は大きな失敗をしたのではないかと後悔した。モングリート侯爵より、よっぽど悪い人物に捕らえられてしまったのかもしれない。

でも、やけにこの温もりが気持ちいいのだ。

男の体温と匂いがじんわりと緊張を緩め、そして頼っても大丈夫だという心強さを感じていた。

すると職務に忠実な衛兵は、躊躇《ためら》いながらもさらに突っ込んだ質問をする。

「あの、そちらの方は……？」

しかし、男は動じることなく応じた。

「野暮《やぼ》なことを聞くな」

「は……はっ！　失礼いたしました！」

「侵入者が見つかった経緯をまとめたら、あとで報告するように」

「かしこまりました、殿下」

――でんか？　…………えっ？

私の思考が停止している間に、衛兵はその場を立ち去ってしまう。この場には私と男が残った。

「さて」

すっと、冷たい空気が入り込み、いつの間にか温もりに慣れた体がぞくりと震《ふる》える。

「事情を聞かせてもらおうか。……と、その前に」

私の頬に手を当て、親指でそっと撫《な》でられる。頬をすっぽり覆《おお》う大きな掌《てのひら》と、そのゴツゴツとした男の指の感触に、心臓がどきりとした。

「すまん、傷付けた。先に治療をするとしよう」

傷、と言われてようやく自分のこめかみあたりがズキンと痛むのに気付く。

やだ、怪我《けが》をしていたの？

捕らえられた時の腰の痛みに気を取られて、ほかに怪我《けが》をしているなど気付きもしなかった。

とっさに触ろうと手を上げたら、「待て、傷口に触れるな」と手を掴《つか》まれた。捕らえられた時とは違い、力加減がやけに優しい。

男は私の外套《がいとう》を綺麗に整え、フードを目深《まぶか》に被《かぶ》せた。

「俺と一緒なら追っ手に捕まることはない。ついてこい」

そう言うなり、男は歩き出した。

……今のうちに逃げるという手もあるわよね。でもこの人相手に、無事逃げ切れるとは思えない。さっき捕まった時の、あの速度と力には到底敵《かな》わないだろうから、素直に従ったほうがよさそうだ。

せめて置いていかれないよう、急ぎ足で男の背中を追った。

でんか……といったら、やはり殿下よね……

男の大きな背中を、歩きながらじっくりと眺《なが》める。かっちりした服は軍服のようだけど、生地は明らかに一級品で、細部に至るまで、凝《こ》った刺繍《ししゅう》が入っている。

茂みで抱き寄せられた時、がっしりとした筋肉の感触に、この男は騎士だろうかと見当を付けていた。身のこなしからして、かなり上役の者だと。

でも、でも、まさか――殿下って呼ばれるということは――まさか。

中庭から回廊をぐるりとまわり、渡り廊下をずんずんと突き進む。男は城の中央部を、誰にも咎《とが》められずに歩いていく。しかも、すれ違う衛兵や侍女は腰を折って廊下の端に寄るなど、恭《うやうや》しい態度だ。

私はいよいよ確信を持つ。リグロ王国には王子が一人しかいなかったはずだし、やっぱりこの人は……

「着いたぞ、入れ」

ようやく目的の場所に辿《たど》り着いたらしく、男は扉を開けて中に入るよう促《うなが》した。

「——殿下」

私は立ち止まって言う。反応を窺《うかが》うと、彼はなんでもないような顔で「なんだ」と返した。

本当に、殿下……この国の、王子だったのね……

一時は危機的状況に陥《おちい》ったが、運よくお目当ての人物に出会えたまではよかった。しかし、私室らしき場所に連れてこられてしまい、思った以上の接近に私は不安を隠せないでいる。

まさか、これから牢《ろう》に連れていかれて拷問《ごうもん》とか……！

あんまりいい想像ができないし、考えるのはやめよう。

考えていたことが表情に出ていたのか、男は口を八の字に曲げた。

「どうした、早く中に入れ。……お前が考えているようなことはしないぞ？」

「え、でも……」

「あ、向こうから追っ手が——」

「きゃっ！　はははは入りますっ！」

思わず部屋の中へ飛び込んだ。すると、背後で扉が閉まる音と、鍵がかかる音がした。

も、もしかして私ってば、自分から危険な状態作り出してない？

自分の阿呆《あほ》さ加減に絶望する。この男だって親切に見せかけて、なにをするつもりかわからないのに。

ここは、平和でのどかなル・ボラン大公国ではない。潜入してからの期間で、身をもって知ったはずなのに。

――私はこれから、どうなってしまうの？

国が恋しい……ひと目、ひと目でいいから、もう一度家族に会いたかったな……

鼻の奥がつんとする。でも、泣いちゃダメだ。弱みを見せちゃ、ダメだ。

「おい、そんなところに突っ立ってないでこっちに来い」

悪い想像しかできず、歯を食いしばって涙を堪《こら》える私に、のんきな声で男が言った。どうやら傷薬などを用意してくれたらしい。

……治療と言いつつ、毒を塗られたりして。……いや、まさかね？

不安を抱えつつ、じりじりと男の傍に歩み寄ると、手を引かれてソファに座るよう促《うなが》される。さすが王子の私室というだけあって、このソファを一脚売ればしばらく遊んで暮らせそうなほどの豪華さだ。座って汚してしまわないかと変な心配をしつつ、ゆっくり腰を下ろす。

「痛っ！」

お尻が付いた途端、まるでごつごつとした岩場で尻餅をついたかのような痛みが走った。思わずぴょんと立ち上がり、悲鳴《ひめい》を上げる。

「どうした、どこが痛むんだ」

「ええっと……腰のあたりが……」

正確にはお尻のあたりだ。こめかみの傷と同じく中庭で捕らえられた時に痛めたらしい。でもそんなこと言える訳ないじゃない！　初対面の、しかもこの国の王子様相手に「お尻が痛いです」なんて恥ずかしいことを！

「腰？」

「あ、いえ、大丈夫です。その、なんともないですから」

「平気だったらあんな声出さないだろう」

「……いえ、ほら、殿下のお部屋のソファに座るだなんておこがましいですよね、すみませんっ！　立ったままか床に座りますから、どうぞお気遣いなく！」

逃げることに夢中で、ずっと興奮状態だった私は、痛みに対して鈍感になっていたらしい。ふと気を抜くと、お尻はもちろん、気付かなかった全身のあちこちが悲鳴《ひめい》を上げた。

「どこが痛むんだ。見せてみろ」

「やっ、あの、ほんとに、大丈夫ですからっ！」

「怪我《けが》させたのは俺だ。だから責任を取ると言っている」

「殿下！」

堪《たま》らず制止の声を上げると、彼はムッとした。気を悪くさせてしまった、と背筋が凍る。

しかし彼は、私の想像とはまったく違うことを言い出した。

「ウィベルと呼んでくれ」

「……へっ？」

いきなり名前呼びを強要してきた。どうやら私の呼び方が気に入らなかっただけらしい。

「と、とんでもありません！　名前など畏《おそ》れ多くて……」

「なにを言うか。身分なら似たようなもんだ」

「え……」

「そうだろう？　エリクセラ。それともお前は偽者か？」

心臓に、石をぶつけられたような衝撃を受けた。

なにを……なにを言っているのかわからない。なんで、私の名前を知っているの？

「ル・ボラン大公国のエリクセラ姫。どうしてここにいるのか、聞かせてもらおうか」

この国に来た目的は、父様から預かった書簡を王子に渡すことだったが、こんな形で出会いたくなかった。尋問されるような状況ではなく、もっときちんと準備を整えて、我が国の窮状《きゅうじょう》を訴えたかったのに……。これでは怪しさ満点で、叶うものも叶わなくなってしまうのではないだろうか。

「う……。わ、私は、その……」

じり、と一歩あとずさる。どうする――どうする？

そこで私は覚悟を決めた。今からでも、とにかく誠心誠意話をしよう。腹を据《す》え、靴底の奥に隠しておいた父様からの文《ふみ》を取り出す。

「なんだ」

突然靴を脱いだ私を不審《ふしん》に思ってか、王子は私が持つそれを怪しげに見る。

「私の父……ル・ボラン大公国君主からリグロ王国のウィベルダッド王子宛《あ》ての書状を届けにまいりました！」

ル・ボランはリグロとは比べものにならないくらい小さな国だ。使節団を受け入れ、物流のやり取りはあるけれど、その程度しかない。そんな小国の者が突然現れて、王様か王子様に書状を手渡したいです――と言ったところで、快《こころよ》く招き入れてはもらえないだろう。

そこで考え付いたのが、商人として城内に入り込み、隙をついて王子と接触するという方法だ。

まさかこうなるとは思ってもみなかったけれど。

王子は「手紙？」と首を捻《ひね》りながら受け取ると、封蝋《ふうろう》を開き、中にしたためられた文字を追う。

私が王子の様子を静かに窺《うかが》っていると、視線が手紙の下方に進むほど、みるみる表情が険しくなっていった。

そして読み終えたあと、細く、長い溜息を吐く。

「……そういうことか」

静寂《せいじゃく》を破り、ようやくそう漏《も》らした。

ウィベルダッド王子は、今読んだばかりの手紙を、壊れ物を扱うように丁寧に折り畳《たた》み、懐《ふところ》に差し入れる。

「ル・ボラン大公国の現状は把握《はあく》できた。この件については、リグロ王国王太子の名において了承しよう」

覇気《はき》のある声で、王子ははっきりと宣言する。リグロを背負って立つ責任感が、その瞳の奥から溢《あふ》れて見えた。それを見て、私は無意識にごくりと唾を呑み込み、背中をまっすぐに伸ばす。

この人なら大丈夫だ――

「だから安心しろ。俺に任せておけ」

ウィベルダッド王子は覇王《はおう》であると改めて尊敬の念を抱いたが、ちょっと待てよ。さすがに互いの距離が近すぎるのでは？　慄《おのの》きあとずさると、王子は同じ歩幅の分踏み込み、私の膝裏《ひざうら》を片手で掬《すく》って抱き上げる。

「ひゃっ！　な、なにをするんですか！」

「傷の具合を見て、処置する。……その、怪我《けが》をさせて悪かったな」

悪かった、と言った……？

一国の、しかも大国の王子が、姫……とはいえ辺鄙《へんぴ》で小さな国の小娘に謝罪するなんて。

王子は私の重みなど少しも感じていない様子で部屋の奥へと進んでいく。そのまま部屋の先にある扉を目指しているようだ。

私を抱えたまま器用に扉を開け、長い足でずんずん進み――

ばふっ、と真綿のように柔《やわ》らかな感触が私を包み込む。

「ひぇっ……！　殿下、あのっ！　待ってください！」

連れてこられたのは、まさかのベッドだった。

誘惑下着売りという立場上、この国に来てからいろんな寝室に通されたけれど、それと今とは状況が違う。だってここ……王太子殿下の寝室だもの！

うつぶせに寝かされ、外套《がいとう》を脱がされ、次に腰布に手が掛けられた。

「なにをするんですか！」

次いで王子は、じたばたと暴《あば》れまわる私の足の上に跨《また》がり動きを封じる。それから手早く私の腰に巻かれた布をはぎ取っていく。

「怪我《けが》の具合を確かめる。大人しくしていろ」

「怪我《けが》なんてしていません！」

抗議しても一向に手を止めてくれない。しかし、布を取った瞬間、彼はぴたりと動きを止めた。

「……これは」

抑揚《よくよう》のない声で呟《つぶや》かれた意味がわからず、無理矢理首をうしろに捻《ひね》って自分の腰あたりを見る。

すると、そこには誘惑下着が……！

一般的な下着は、腰まわりから膝《ひざ》まですっぽり覆《おお》っているけど、今、私が身に着けているのは、大事なところだけがぎりぎり隠れる、思いっきり布の面積が小さいものだ。お尻の割れ目だけを隠すように細い紐状の布があるのと、秘部を申し訳程度に隠す小さな布があるのみの……つまり下着は着けているけれど、お尻が丸出し状態なのだ。

「まさか、本当は体を売りに来ていたのか？」

「ち、ち、違います!!　これは、あの――」

「それとも、ル・ボラン大公国はこういう下着の文化なのか」

「やっ、見ないでください……っ！」

必死に願うけれど、王子は私の尾骶骨《びていこつ》あたりに掌《てのひら》を当てた。

「ひゃっ！」

ただ触られただけ。なのに、びくんと背筋が伸び、なにかわからないぞくぞくとした震《ふる》えが込み上げてきた。

「ここが赤く擦《こす》れて傷になっている。二、三日は痛みが続くかもしれんな」

つ、と指の腹で怪我《けが》の箇所を丸くなぞられる。すると、「は、っ……」と、なぜか熱っぽい溜息が出てしまう。なんだろうこの感じは……怖い……怖い――けど。

得体のしれない熱に襲われ、縋《すが》るようにシーツを手繰《たぐ》り寄せる。

彼は、どういうつもりでこんなことをするのかな。大国の王子であり、これだけ顔が整っているのだから、女には困っていないだろう。だから私の体目当てなわけがないのに。

「手を……どかして、ください」

「いや、治療をするから、まあ待て」

「放っておけば治りま――ん、あっ！」

傷口に火掻《ひか》き棒を当てられたような衝撃。堪《こら》え切れずに上げたのは、今まで出したことのないような甘ったるい声だった。

「やっ……ん、ん……なに、を……！」

「消毒。染みるか？」

王子は、擦《かす》り傷ができたところを舐《な》めている。傷口が染みるというよりも、舌の感触がどうにも落ち着かなくて困る。彼の舌が肌の上を滑《すべ》るたび、その部分が熱くなる。そして直後に唾液で濡れたところがスッと冷たくなり、その温度の落差に体の奥がじんじんとしてきた。

王子は、ちろちろとくすぐるように小刻みに舐《な》めたり、舌全体を使ってぺろんとしたりしてくる。その妙な刺激に耐えられず、私は声を上げ、体をビクビクと震わせる。だんだん頭が、ぼうっとしてきた。

「……ん。このくらいにしておこうか」

仕上げとばかりに、ちゅ、と柔《やわ》らかいものが肌に押し付けられた。

私は熱っぽい呼吸を繰り返しつつも、平静を取り戻そうと必死になる。けれど、この訳のわからない気持ちの高ぶりはまったく収まってくれない。

くったりとベッドに身を預けていたら、柔《やわ》らかな掛布団を掛けられた。やたらと肌触りのいい布地と優しい重みが私を温かく包んで……これは……気持ちよすぎる……

父様から預かってきた書状をウィベルダッド王子に渡すという役目を果たした安心感からか、疲れが押し寄せる。そうして、抗《あらが》い切れない誘惑が、私を夢の世界へといざなう。

――いやいや、いくらなんでもここで眠るなんて私、神経太すぎよね？　でも、なんだか……いい匂いがするし、温かいし、ねむ……

「眠いなら寝ておけ。ここには誰も来ない、安心しろ」

度重なる緊張が、ゆるゆると解《ほど》けていく。眠気に抵抗できず、私はゆっくりと瞼《まぶた》を閉じた。

＊　＊　＊

ぎしっと音がして、寝台が沈む。

水底に沈んだような思考が、泡となって浮上する。

「ん……」

身じろぎしながら出した声は、思った以上にカサカサしていた。

水……飲みたい……

うつらうつらと、夢と現実の境界線を行ったり来たりする。体が妙にだるくて仕方がないけど、瞼《まぶた》をうっすら開けた。

「起きたか」

……あれ？　まだ夢を見ているのかな？

目の前には眉目秀麗《びもくしゅうれい》な男性が……いた。

……あれ？

「おはよう」

その男は、まっすぐに私を見ている。

闇《やみ》を思わせるけれど、とても澄《す》んだ群青色《ぐんじょういろ》の瞳。意志の強そうな凛々《りり》しい眉に筋の通った鼻、優しげに端が上がった口。コシの強そうな亜麻色《あまいろ》の髪が一房《ひとふさ》、精悍《せいかん》な顔に落ちかかっている。

こんな顔の人を、どこかで見たことあるな……

一つ一つ、時間をかけて観察した結果、ようやく気付き、じわああっと一気に顔が熱を持った。

「――え、ウィベルダッド殿下⁉」

「殿下、は不要だ」

「なにをしているんですか！」

「お前を見ていた」

「そ、それはそうですけど、いやそうじゃなくて、なんで私の隣に寝ているんですか！」

「これは俺の寝台」

そ……そうだった！　思い出した！

図々しくも、リグロ王国の王子の寝室で、ぐっすりと寝入ってしまったらしい。どれくらいの時間ここで寝ていたのかわからないほどだ。

「大変失礼いたしました！　……きゃあっ！」

飛び起きて寝台から下りようと思ったのに、腹のあたりを押さえられていて、ジタバタともがくことしかできない。王子の腕が、私の腰を引き寄せて離さないのだ。

「ちょ……、あの、手を離していただけますか？」

「どうして？」

「そりゃ……私が動きにくいからです」

「却下」

「いやいや却下ってなによ！　……って、わわわ！」

立場も忘れ、思わずいつもの調子で答えてしまう。『王子相手にやらかしてしまった……！』と、慌てて口を塞《ふさ》ぐが、もう遅い。

自分の家族と遠慮《えんりょ》なく話すのとはわけが違う。相手はリグロ王国の王子だ。大国の世継ぎに対して不敬すぎる。ざあっと血の気が引いていく音が聞こえたような気がした。

しかし、なぜか彼はハハハッと肩を震わせて笑う。

「構わない。エリクセラ、俺には気を遣うな」

「お、お、俺にはって！　あなた以上に気を遣わなければいけない人なんてほとんどいないですよね⁉」

「敬語禁止」

無茶を言うなと、またしても失礼なことを言いかけたけれど、今度こそなんとか口を閉じる。

どうも調子が狂う。

そもそも、なぜ正体がバレたのだろう。それに王子様に匿《かくま》われ私室に連れ込まれ、一緒の寝台に寝かされているのはなぜ……

って、その前！　ちょっと待って！　眠る前、腰のあたりを舐《な》められたよね、私!?

誘惑下着を身に着けたあられもない姿はもちろん、肌を滑《すべ》る彼の舌の感触を思い出し――

一旦《いったん》は引いたはずの血の気が、一気に全身を駆《か》け巡る。

「ええと……目的を果たしたので、とりあえず失礼します」

色々考えた結果、速やかに退散することに決めた。

父様からの書状は渡せたので、これで一番の目的は果たせた。本当ならば、私からもきちんと話をして、ル・ボランの窮状《きゅうじょう》を正確に知ってもらい、支援に関する確実な約束をこの場で取りつけるべきだと思う。でも、昨日からいろいろとやらかしてしまった身で、どんな顔をして話せばいいのかわからない。悠長《ゆうちょう》なことを言っている場合じゃないのは百も承知だが、一旦《いったん》この街の常宿《じょうやど》に戻り、態勢を――特に気持ちを立て直したい。

しかし王子は、口元ににっこりと弧を描き、こう言った。

「それも却下」

「無茶を言うなー！」

せっかく呑み込んだ暴言が、やっぱり飛び出してしまった。目の前の彼がこの調子だと、畏《かしこ》まった口調で話すのは無理そうだ。こうなったら素の自分でなんとか対抗しよう！

「だいたい、だいたいですよ？　私なんて怪しさ満点の侵入者だったんですよ？　追われている時点でおかしいでしょ！　どうして捕らえて衛兵に差し出さなかったんですか！」

「すぐに正体はわかったからな」

「……っ、だから、それもどうして」

「俺にはわかる」

「だから理由は!?」

王子は私が誰なのか確信を持っていたようだけど、理由を教えてくれなきゃ話が見えない。この話の通じなさ加減、どうしたらいいのだろうと天を仰いだ。

「とりあえず……話し合いをしませんか」

「いいぞ」

「……」

「……」

「あの」

「なんだ」

「寝転びながらじゃなくてですね」

話し合いの提案は受け入れられたけれど、彼はベッドから起きる様子もなく……

とにかく、私は逃げませんからと約束したら、ようやく体を解放してくれた。その機会を逃してなるものかと急いでベッドを下りて、服の乱れを直す。

私がそうしている間に、王子は寝室から居間に出ていく。しばらくすると彼が向かった先の部屋から、いい香りが漂《ただよ》ってきた。

「朝食だ。こっちへ来い」

どうやら、侍女に食事を運ばせたらしい。彼の言葉を聞いた途端、私のお腹がキュウッと鳴り、そういえば昨日の朝からなにも食べていないことを思い出した。

は……腹が減ってはなんとやら、よ。

自分に言い訳しながらも、フラフラと歩き出す。居間に入ると、テーブルの上に食事が配膳《はいぜん》されていて、室内は王子だけだった。

「セラ？」

なかなかテーブルに着かない私に王子は焦《じ》れたのか、ふたたび声を掛けてきた。

――しかしちょっと待って。セラって呼んだ？

「ウィベルダッド殿下。私はセラという名前ではありません」

私と王子は、略称で呼び合うような間柄ではない。助けてもらっておいてなんだが、そこはきっぱりと線を引いておきたい。

「俺だけが呼ぶ愛称だがなにか？　セラは俺のことをウィベルまたはウィベルダッドと——」

「呼びません！」

私は慌てて王子の言葉を遮《さえぎ》った。危ない、また彼の調子に巻き込まれるところだった。

ふうっと息を吐いたら、またお腹が鳴った。空腹を堪《こら》えきれない私は、渋々といった体《てい》を取りながらテーブルに着いた。

——この王子様と戦うには、体力が必要だから仕方がないのよ。

と思いつつも、私の目は並べられた食事に釘付《くぎづ》けだ。野菜がたっぷり入ったスープに、香ばしく甘い香りのパン、そしてなにより数種類の果物！　私の国では植物が育ちにくく、生の果物は滅多《めった》にお目に掛かれなかった。

その、果物が目の前に——！

「……ゴホン。せっかく用意してくださったので、いただきます」

飛びつきたいくらいなのをぐっと我慢しながら、王子が食べ始めたのを確認し、私も手を伸ばす。

しかし、大好物はあとに取っておく派なので、スープやパンから食べる。

うわ……おいっしい……！

これ、妊娠中の姉様たちや、ルティエルに食べさせてあげたい……滋養《じよう》のある食材を、うんとたくさん持ち帰ってあげたいなあ……

自然と故郷を思い出し、胸にじわっと切なさが込み上げた。

「なにを難しい顔をしている。不味《まず》かったか？」

涙を堪《こら》えて、しかめっ面《つら》になっていたのを不審《ふしん》に思ったらしい。

「いいえ。毒が入っていないか気にしているだけです」

「それだけ食べていながらか。今さらだろ？」

「遅効性《ちこうせい》かもしれません」

「俺も同じものを食べている。今日の分は、ひとまず安心しろ」

「ひとまずって！」

あれ？　王子は今、『今日の分は』と限定した言い方をした？

……つまり、彼は常に毒殺などを気にしなければいけない立場なのだ。

「……っと、すみません。軽々しくそんなことを言って。常勝のリグロの王子には、なんの悩みもないものと考えてしまって」

すると彼は気にしたふうもなく、私に優しげな視線をよこす。

「光が濃いところは、影も濃くなる——そういうことだ」

「——怖く、ないのですか？」

するっと口から出た言葉に、自分で驚く。そんなこと聞いてどうするの、大国の王子に！

冷や汗が背中にじわりと浮かぶ。しかし彼は優雅《ゆうが》な手つきでカップを置き、身を乗り出してテーブルの上に肘《ひじ》をついて指を組んだ。

「怖い、か……そうだな、怖くないと言ったら嘘になる」

適当な言葉でかわすのではなく、まっすぐ私に目を合わせながら、王子は答えた。

「ありきたりな言葉になるが、俺には夢がある。手に入れたいものがあるんだ。夢を叶えるまでは、ひたすら己を磨《みが》くつもりだ。叶ってからも、それを守り続けるさ」

穏やかな色をしている瞳の奥には、情熱の炎が揺らめいて見えた。

きっとこの人は、やると決めたら貫《つらぬ》くのだろう。自《みずか》ら精鋭《せいえい》部隊《ぶたい》を率《ひき》いて、数々の戦いを制してきただけのことはある。実力を伴った次代の王は、口だけではないのだ。

「――で、セラはどうしてモングリートに追われていたんだ？」

「ぐ……っ！　ゴホッ！」

唐突《とうとつ》に話を振られて、お茶を飲みかけていた私はむせた。

「なな、なんですか急に！　あとセラ呼びは嫌です！」

「セラ、お前がこの城に潜入したことは、場合によってはただじゃ済まない事態なんだぞ」

「ですから、その呼び方を……」

「この国まで一人で来たんだろう？　手紙は読んだが、もう少し詳しい事情を聞きたい。それによっては対応が変わるからな」

名前呼びを改めてくれる気はないようだ。はぁ、と溜息を零《こぼ》しつつ、手にしていたカップをテーブルに置く。

「……父様からの手紙の内容を、私は知りません。ですが、私が知っている限りのことをお話ししてもいいでしょうか」

どうして私――ル・ボラン大公国の姫であるエリクセラ・ル・ボランが、リグロ王国の城内に忍び込み、モングリート侯爵とその夫人から追われることになったのか――

話が長くなったため場所をソファに移し、途中王子の質問を挟みながら話し続けた。ソファに座る際なぜか密着して並んで座られてしまい困惑《こんわく》したものの……拒否権はないものと諦《あきら》めた。

「レイモンからの通達は、一番下の娘と宝石の採掘権《さいくつけん》をよこせ。さもなくば全勢力をもってル・ボラン大公国を征服する……ということだそうだが」

「はい、その通りです」

「一番下の……つまりそれは――」

「一番下の娘というのは、妹のルティエルです。十四歳になりますが、あの子は体が弱く、もしレイモンに渡れば……長くは生きられないでしょう」

ルティエル……

彼女の、はにかんだ顔を思い出し、じわっと涙が浮かんできた。あの子の笑顔を守るために、私は頑張っているのだ。

私の隣に座る王子は、なにか考え事をしているのか、長い足を組みながら顎《あご》に手を当て押し黙る。その様《さま》は、一枚の絵画のように美しかった。

……っと、見惚れている場合ではない。

「私たちは、国民の生活と妹の命が大事です。なんとかしてこの事態を食い止めようと思いましたが、およそ三ケ月という期限では手の打ちようがありません。そこで――」

「リグロへの併合を打診してきたんだな？」

王子は、なぜか私の肩に手をまわし、引き寄せながら話す。

……わっ、ちょっと、胸板がほっぺたに触れて……

真面目な話をしているにもかかわらず、体が密着していることに動悸《どうき》が激しくなる。

「ところでセラ、顔の怪我《けが》はもういいのか。……ああ、ここにまだ小さな傷があるな」

ひたり、と私の頬に王子の手が触れる。私は思わず、悲鳴《ひめい》を上げて飛び跳ねた。

「そ！　そ、それより、あの……」

「なんだ」

「申し訳ありませんが、もう少し離れていただけませんか」

「俺はこのままで構わない」

「私が構います」

「では俺の名前を呼んでくれたら離れてやる。だいたいお前のことはしばらく俺が預かることになったからな。仲良くやろう。だから玩具《がんぐ》にされることくらい我慢してもらわないと困る」

なぜそうなる！

「意味がわかりません」

「そうか？」

するど、より一層顔を近付けてきた。

ち、近い、近いよ、顔が！

なんとか避けようとするけれど、腰と頬をガッチリと掴《つか》まれていて動けない。さらに顔が近付き、唇に彼の吐息が掛かった時点で私は叫んだ。

「待ってください！　ウィベルダッド殿下！」

「殿下はいらん、早く名を呼べ」

不機嫌そうに望まれても、素直に呼ぶにはやはり抵抗があった。

「ウィベルダッド……でんか？」

「――時間切れだ」

え、と思った瞬間に顔が近付き、距離を詰められる。

「……っ！　ん……んっ」

触れたのは唇。柔《やわ》らかくて、熱い、唇。

唇を数度啄《ついば》み、そして荒々しく下唇を食《は》まれる。柔《やわ》らかな肉感と共に、雄《おす》の匂いが感じられた。

「や、……！　んん……っ」

怖い。なにが行《おこな》われているのかわからない恐怖から逃れたい。

胸の前に置いていた腕に、ぐっと力を込めて王子の胸板を押そうとしたら、それ以上の力で腰を引き寄せられてしまい、あえなく失敗した。

「さ――」

とにかく止めてもらいたくて、声を上げようと開いたわずかな唇の隙間に、ぬるっとしたなにかが押し入ってきた。それから、まさに暴《あば》れまわるといったように、歯列をなぞって舌を絡めて吸われていく。

怯《おび》えて奥に引っ込もうとした私の舌先を、逃さないとばかりに絡め取る。お互いの唾液がくちゅくちゅと混ざり合う音が聞こえてきた。

私は頭の中で、どうして、どうして、とただひたすら繰り返すばかり。ちっとも思考が追い付かない。

どうしてキスしているのだろう？　どうして？　どうして――？

きっと結婚相手とするのだろうな、とぼんやり思い描いていた初めての口付け。それが、今こうして唐突《とうとつ》に奪われた。

息を吸う間もなく、粘膜《ねんまく》を擦《こす》られて突《つつ》かれて――

結婚を控えた身で、とてもいけないことをしているとわかっているだけに、どうしようもない焦《あせ》りが胸の中に生まれる。しかし、それと相反するように熱がどんどん上がっていく気がした。その熱で私の頭は茹《ゆ》だり、さらにじんじんと下腹を熱くした。

底の見えない谷底に落ちてしまいそうな感覚に襲われ、思わず王子の服の胸元を握《にぎ》る。

ここで暴《あば》れたら、止めてくれるかしら――

頭の片隅でチラリと掠《かす》めた暴力的解決方法は、自分で即却下した。そもそも私がここにいるのは、故郷の危機をリグロに助けてもらうため。その援助をしてもらう相手こそが、今、私に不埒《ふらち》な行為をしているリグロの王太子であり……

逃げたら、リグロ王国との関係悪化は必至。そしてル・ボラン大公国はレイモンに屈するほかなくなり、私自身は王太子に暴力を振るった罪で捕らえられかねない。

私がそこまで考え、出した答えは、抗《あらが》わないことだった。

抵抗しなければ……心を殺せば……国を救ってもらえるはず。

そう思う一方で、王子に触れられるたびに、体の奥底が喜んでるような不思議な感覚に襲われる。

そんな私を、より強く抱き寄せながら、王子は喉の奥でクックッと笑った。

「口付けは初めてか？」

唇同士が触れるか触れないかのところでささやかれ、胸の奥がきゅうっと締め付けられる思いがした。

「こんな……したこと……」

すると王子は私の後頭部を撫《な》でながら「そうか。セラはかわいいな」と笑う。

え……かわいい？

聞き慣れない言葉に、思わず目をしばたたかせた。

岩山を駆《か》けまわり、男に交じって小動物の狩りをするので、常に動きやすい服装しかしてこなかった私が？

「私なんて、そんな……」

戸惑う私に、王子はふたたび「セラはかわいい」と追い打ちをかける。

「俺が思うことは自由だろ」

どう反応していいのかわからず、ただ頬が熱くなる。嬉しくないわけではないけど、素直に受け入れられない。

「セラ、口を開けて」

散漫な思考で抵抗する気力もなく、言われた通りに口を開いてしまう。

王子は大きな手を私の後頭部に当て、私の頭を支えた。

「舌を出して」

舌……？

先程まで口腔《こうこう》内で嬲《なぶ》られていたため、私の舌はすっかり蕩《とろ》けていた。言われるままにおずおずと舌先を覗《のぞ》かせる。

「もう少し前に」

これ以上？　妙に恥ずかしくてたまらず、なかなか前に出すことができない。わずかに出た私の舌に、王子の舌が触れた。

「……っ」

当たったのは舌先同士なのに、なぜか腰のあたりが鈍く疼《うず》く。

王子の舌は熱くて、そこに妙な生々しさを感じる。加えて、舌同士が触れている事実を、視覚でも認識してしまう。

彼は舌先を尖《とが》らせて、ざらり、と表面を擦《こす》りつけるように舐《な》める。それから、怯《おび》えて固まっている私の舌の付け根に向かって、さらに深く潜《もぐ》らせた。

口腔《こうこう》内に溜まった唾液を絡め取られ、くちゅ、ぐちゅ、と粘ついた音が漏《も》れ聞こえる。

「ん……ん、んぅ……」

初めてだから当然だけど、上手か下手かなんていう基準はない。けれど王子は、やたらと上手な気がする。王子の動きに合わせ、私は誘われるように舌を絡め返してしまっていた。擦《こす》られたら擦《こす》り返し、突《つつ》かれたら突《つつ》き返す。唇を軽く食《は》まれたら、私も同じように唇を食《は》んで、柔《やわ》らかく吸って……

「いいね、上手だ」

熱い吐息が絡み合い、お互いの熱が溶け合っていく。頭の中がじぃんと痺《しび》れた。

王子から無理矢理された口付けは、なぜか不快とは思えなかった。嫌ではない、それどころか……この気持ちは一体なんだろう……

不意に湧き上がる正体不明の感情を確かめようとしたけれど、そんな暇など与えられなかった。私の後頭部を支えていた彼の大きな手が、首から肩へ下りてきて鎖骨《さこつ》を通りすぎ、柔《やわ》らかく前に突き出した乳房に触れる。

「……っ！　んっ！」

いくら服越しといっても、男性に触れられるのは初めてのことで、ビクリと体が震《ふる》えた。声を出そうにも口は王子の口で塞《ふさ》がれていて、どうしたらいいのかわからない。混乱は涙となって、じんわりと瞼《まぶた》に滲《にじ》む。

彼の掌《てのひら》は片方の胸をすっぽりと包むほど大きい。その手でやわやわと揉《も》まれると、一気に体温が上がった。

「柔《やわ》らかくて気持ちがいいな」

気持ちがいい？　揉《も》んでいる王子のほうも気持ちがいいと思っているの？

自分で触るそれはただのふくらみであって、それ以上でもそれ以下でもない。けれど彼に揉《も》まれると総毛《そうけ》立《だ》つ。服の下では乳首が尖り、それが布地に擦《こす》れて、体の中心がなぜか疼《うず》く。

そちらに気を取られている間に、王子は私の体をソファの背もたれに預けさせ、少しだけ身を引いた。

ああ、助かった、これ以上なにかされたら、どうにかなってしまいそうだった……

けれど、安心したのも束の間、王子は私の足の間に膝《ひざ》を割り入れてスカートをたくし上げると、中に手を差し込んできた。途端に寒気に似た震《ふる》えが背中を駆《か》け上がり、ソファから崩れ落ちてしまいそうになる。縋《すが》るように彼の背中に手を伸ばした。

その行動を、もっとしてほしいという意思表示と受け取ったらしい彼の手は、さらに奥へと侵入する。そして、下着に触れた。

「ひぁ……っ！」

いけない、この下着は……ダメ！

大事なところはきちんと隠れているけれど、その真ん中は布が重ねてあるだけで、左右に開けば容易《ようい》に秘所があらわになってしまう。

逃げようと身を捩《よじ》るけれど、王子に阻まれて、どうにも身動きができなかった。

彼はその下着越しに恥丘を撫《な》で、柔《やわ》らかな感触を楽しみ始める。

「う……、あ、っ、あ……」

ダメ、という言葉が、喉で絞られたように出てこない。その間にも、大事なところに指を滑《すべ》らせて、悪戯《いたずら》に刺激する。そして、生地が重ねられた箇所に差し掛かったところで彼の指に力が入り、あっさりと秘密の扉が開かれてしまった。

くちゅ、と湿り気のある粘液の音がして、恥ずかしさで消えてしまいたくなる。

「ふむ、この下着もいいな。よく考えられている」

「よ、よくないで、す……っ！」

王子は人差し指と薬指で器用に布地を左右に開き、中指を割り込ませた。そして、奥からじわりと滲《にじ》み出た蜜を指で掬《すく》い、花芯《かしん》に触れる。その途端、私の体は震《ふる》えた。

「……あああっ！」

ゆっくりと先端を転がされ、蜜液を塗り込めながら潰《つぶ》され、それから爪弾《つまび》かれた。そのたびに私の体はビクリと震《ふる》えてしまう。それを見た王子は、目に喜びの色を浮かべた。

湿った吐息が零《こぼ》れ落ち、湧き上がる淫《みだ》らな気持ちは全身に広がっていく。

こんなこと、絶対ダメなのに！

「やめ、て――くださ……やめて……え……」

一旦《いったん》言葉にしたら、抑え込んでいた恐怖心などのごちゃごちゃした感情が一気に解放されて、涙がぼろぼろと溢《あふ》れだした。

ひっくひっくと嗚咽《おえつ》混じりに言うと、王子はハッと顔を離した。

「悪い」

「……怖い、です……」

「初めてだろうから優しくする――つもりだが」

「……っ！　じゃなくて！」

怖くて泣いていたのに、この王子ときたら随分《ずいぶん》前向きだ。

それでも彼は私がやめてと言ったら、悪戯《いたずら》な手を止め、体を離してくれた。そのことに、私は少

し安堵《あんど》する。

「どうして……どうしてこんなことを！　この国は皆、頭もシモも緩いのですか!?」

「人は選んでいるつもりだが？」

選べばいいってもんじゃないし！　でも、それをしれっと言うあたり、本気でそう思っていそうだわ。さっきは国のために私が我慢すればいいと思ったけど、とっさに言葉が出てしまった。しかも、口が止まらない。

「つもりなだけですよね、そういうのを節操《せっそう》なしって言うんです！　私は、綺麗な体で嫁入りしたいのです！」

「嫁入り？　……セラ、結婚が決まっているのか？」

「……相手はまだ知りませんが、父の決めた人と結婚することになっています。その人と、誠実に向き合いたいから、私は……」

自分の体を抱えるように腕を組んだ。これ以上私になにかしたら、絶対に許さないんだから！

ぎっと睨《にら》み付けると、なぜか王子は困惑《こんわく》した表情を見せた。でもそれは一瞬のことで、すぐにニヤリと口の端を上げる。

「じゃあ、最後まではしない」

「聞いてました、私の話？　なに譲歩《じょうほ》した感じ出してるんですか！　キスも触れるのもダメですよ！」

「まあ、まだたっぷり時間はある。そのうちセラのほうから触れ合いたいと求め――」

「ません！」

王子が言い終わらないうちに、即座に否定しておいた。

だいたい、私がいつまでも王子の私室に入り浸《びた》っていていいわけがない。

「殿下もお忙しいでしょうから、私はこれで失礼を……」

いつまでもここにいたら、気まぐれにまたなにかされてしまうかもしれない。

「セラを帰らせるわけにはいかない。これは命令だ」

「……えっ」

訳がわからない。先ほど王子は、リグロとの併合の話を受けてくれたけれど、やるべきことは山積みだ。なにか、私にもできることは――大した役には立てないとわかっているのに、気が急《せ》いてじっとしていられない。

そわそわする私の髪を撫《な》で、そのついでとばかりに王子は私をギュッと抱きしめた。

「セラは、家族と国民想いだな。なにかしたい気持ちはわかるが、安心して俺に任せてほしい。セラはここにいてくれ」

王子の胸板は、硬くて厚くて、とても信頼できると感じた。でも、なぜここまで私に親切にしてくれるのだろうか……

「ル・ボランに帰ることを禁ずるだけでなく、この城の中を出歩くのもだめだ。次にまたモングリートに会ったら、捕らえられるかもしれない。だから……」

王子がそこで言葉を区切った。私は不思議に思いながら、ふたたび彼が話し始めるのを待つ。

「大人しく、俺の部屋に軟禁《なんきん》されておけ」

「……なっ⁉」

突然物騒《ぶっそう》な単語が飛び出したので、目を剥《む》いた。

「監禁じゃないだけ、ありがたく思え。俺に伝えてくれれば、きちんと環境を整えたあと、多少は部屋の外を出歩くことも許可しよう。ただし、危ないことは絶対になしだ」

王子は口の端をニヤリと上げた。つまり私はこれからしばらくの間、王子の私室で一緒に暮らすということ……？

ル・ボランへ帰ることを禁止されてしまった今、頼れるのは姉リータと義兄のコウロ二人。ただ二番目の子が生まれたばかりで大変な姉たちに、あまり迷惑はかけたくない。ここは、王子に匿《かくま》ってもらうのが最善のような気がする。

「わかりました。軟禁《なんきん》、という言葉は聞き捨てならないですが、お世話になります。でも、ただ厄《やっ》介《かい》になるだけでは申し訳ないです。私になにかできることは……」

「いや、セラはなにも気にするな」

「それじゃ私の気が済まないんです！　……あっ、では衣類の販売許可をいただけませんか？　ここに来てから作り上げた人脈を利用して、貴族たちの裏事情を探ります。そして不審《ふしん》な動きをする者がいれば情報をお届けいたします」

朝食を食べる時、王子は自分の食事に毒が盛られる可能性があると言っていた。王子からその座を奪おうと考える人物が城内にいるなら、私の情報網に引っかかるかもしれない。

熱意を込めて王子を見つめる。彼はしばらく考えている様子だったけれど、やがて諦《あきら》めたように溜息を吐いた。

「……まあいいだろう。しかし、モングリートに見つからないように。それが条件だ」

渋々ではあるが、王子は私が城内で商人のふりをすることに同意してくれた。簡易の許可証を得れば、衛兵に追われることもないという。

「わかりました。では……しばらくの間、お世話になります」

「……俺に任せておけ、と言ったのにな。そこがセラらしいが」

小さくささやかれた言葉に、ハッと顔を上げると、群青色《ぐんじょういろ》の揺らめく視線とぶつかった。そこには、慈愛のような温かさの奥に情熱が見え隠れしている。まっすぐに視線を合わせていたら、唇に熱い感触があった。

「んんっ……！」

柔《やわ》らかく、熱く、強引に私を蹂躙《じゅうりん》する。一分《いちぶ》の隙もなく重ねられた唇から逃げ出すこともできず、されるがままだ。

王子は舌先を自在に動かして私の舌と絡めて、擦《こす》り、舐《な》めまわす。口内にある唾液が混ざり合っていく。その荒々しさに気持ちも体も追いつかず、縋《すが》るように彼の服を掴《つか》んだ。口付けで息をする間もなく、苦しさから涙が滲《にじ》む。

「……このくらいにしておこう」

やがて満足したのか、それとも飽きたのか、政務があると言って、王子はソファから立ち上がった。

「なにするのよっ！」と涙目で怒ってもまったく響かない。彼は満面の笑みを浮かべながら「この部屋には誰も入らないように厳命してある。部屋にあるものは自由にしていいから、好きに過ごせ」と言い残して、足早に部屋を出ていった。

私は怒りをぶつける相手がいなくなってしまい、その矛先《ほこさき》をソファに置いてあるクッションに向ける。

「変態！　色魔！　不埒者《ふらちもの》！　うわあああっ！」

拳《こぶし》を振り下ろし、ぼすん、ぼすん、とクッションを叩く。それでも収まらず、ソファの上に仰向《あおむ》けに寝転がって手足をジタバタして「あのケダモノめ～！」と喚《わめ》く。

顔を両手で覆《おお》い、あまりの恥ずかしさに身悶《みもだ》えた。

それに、よく考えれば自分は、リグロ王国の、それも王子様になんて口の利き方をしてしまったのだろう。不敬にも程がある。先ほどまでの自分の行動を思い返すたびに、青くなったり赤くなったりでとても忙しい。

暴《あば》れるのに疲れた私は、ゆっくりとソファから立ち上がる。窓辺に寄ると、そこから差し込む光が眩《まぶ》しくて目を開けられず、直接光を浴びない位置に移動し、おそるおそる瞼《まぶた》を開けた。すると、真っ青な空がまず目に飛び込んでくる。

「うわ……あ……」

眼下《がんか》に広がるのは、華やかな城下町。朝の市《いち》は賑《にぎ》わい、家々からは竈《かまど》の煙が幾筋《いくすじ》も立ち上《のぼ》っている。どこを見ても活気づいていて、見ているだけで私まで力が湧いてくるようだ。

この国に来てしばらくの間、あの街中《まちなか》の宿屋に滞在《たいざい》していた私は、庶民の暮らしぶりを間近で見ることになった。

この国を一言で表すなら、豊か、だ。自然の厳しさや貧しさで餓《う》えることもなく、そのため心にゆとりがあって、笑顔が絶《た》えない。

これが、リグロ王国……か。

このまま首尾《しゅび》よく進めば、ほどなくル・ボラン大公国はリグロ王国の一部となる。リグロの人たちは、ごく一部――モングリート夫妻のような一部の貴族――を除けば、慈悲《じひ》深く、優しい国民ばかりだと姉からの手紙で知っている。ル・ボラン大公国がなくなってしまうのは寂しいが、レイモンのものになるよりはずっといいはず――

そんなことを考えながら、しばらくの間、窓の外を眺《なが》めていた。しかし、それにもすぐに飽きてくる。

……私は殿下がいない間、なにをして過ごせばいいのかな。

「……じっとしているの、苦手なのよね」

ル・ボランでの私の一日は、まだ空が暗いうちから弓の訓練をし、日の出に祈るため岩山を上《のぼ》り、食料調達にあちこちを駆《か》けずりまわる日々だった。だから、じっとしている時間は苦痛だ。それに王子がル・ボランのために動いてくれているのに、自分はなにもしていないというのも落ち着かない。少しでも彼に有益な情報をもたらして、恩返ししたいという焦《あせ》りが生まれた。

先ほど王子は、政務があるからと、この部屋を出ていったばかり。彼の立場なら、私室に戻る時間などそうそう取れないのではないか。だったら、こっそり抜け出してもバレないはず……？

ならば、と早速支度《したく》を始める。と言っても変装道具は手元にない。今着ている服は昨日衛兵に目撃されているので、このまま出歩いたら捕まる可能性がある。だからなにか別の服を用意しないといけない。……そういえばここは、王子の私室だ。それなら、衣装部屋とか併設されていないかな？

部屋を探索《たんさく》すると、外に出る前の取り次ぎの部屋と、不浄の部屋と、寝室があり、寝室の奥には衣装部屋があった。

さすがリグロ王国の王子だけあり、ずらりと服が並ぶ。祭典用の華美《かび》なものから普段着まで、どれも高価な糸で丁寧に作られているのが、一見してわかる。

刺繍《ししゅう》が美しく、思わず溜息が出るほどの出来栄《できば》えだった。

――さて、と。私は整然と並ぶ服の中からなるべく地味なものを選び、さらにベッドカバーを見つけて取り出す。

シャツは、私が着ると当然ぶかぶかで、まるでワンピースだ。

部屋にあるものは自由にしていいって言われたし……大丈夫だよね？

衣装部屋に置いてあった針を借り、すいすいと針先を泳がせる。そうして、大幅に余らせていた肩のあたりや袖口《そでぐち》を、それなりの見栄《みば》えになるよう丈を詰めた。

それからベッドカバーを腰に巻き付けて合わせ目を軽く縫《ぬ》い付け、ゆったりとしたズボンを作った。この格好なら動きやすい。

それじゃ……行きますか。

とはいえ、扉の外には人の気配がある。ほかに出入り口はないし、窓から出るしかなさそうだ。

窓に近付いて解錠し、開けてみた。ひょいと頭を出して周囲を調べると、ここの部屋は二階の角部屋で、眼下《がんか》には草花が植わった花壇がある。その先には石畳の通路があり、貴族たちの私室がある別棟へと続いているようだ。

幸い、窓のすぐ下には庇《ひさし》があり、足をかけられそうである。よし、と意を決して私は開けた窓から出た。頭の中に思い描いた通りに体が動き、無事花壇に着地することができた。

すぐに物陰に隠れて深呼吸を十回し、そこでようやくあたりの様子を窺《うかが》うことにする。

特におかしな様子もなく、私は裾《すそ》の皺《しわ》をサササッと払い、髪の乱れを直し、すました顔で回廊へ踏み出した。人の往来が少ない時間帯だったらしく、あまりに上手くいったので拍子《ひょうし》抜けしたくらいだ。

とはいえ細心の注意を払って、モングリート侯爵の私室を目指す。叩けば綿もホコリも出てきそうな二人だ。忍び込んで調査すれば、なにか情報が掴《つか》めるかもしれない。

＊＊＊

「――っと、ここだったわ」

昨日通された、モングリート侯爵家の私室。しかし当然ながら、扉の前には衛兵がいる。さて、どうしたものか。

ひとまず今日は、この周りを下調べして、あとは昨日近くの茂みに置いていった鞄《かばん》を回収しよう。あたりを窺《うかが》いながら生い茂る植栽に忍び寄ると、そこには私の商売道具である誘惑下着が詰まっている鞄《かばん》があった。

よかった……見つからなかったのね。

ここに置かれたままでホッと胸を撫《な》で下ろす。それから鞄《かばん》を持ってまたすまし顔で回廊に出た。次にこれをどうやって王子の私室に運び入れようかと考えていたら、曲がるべき角を過ぎてしまった。

しかし急に引き返すのも不審《ふしん》だし……と、もうしばらく歩き、次の角で右に折れようとしずしず歩いていたら——

「きゃっ！」

「おっ——!?」

出合い頭《がしら》に、誰かとぶつかって鼻をしたたかに打ち付けた。

うう、鼻が潰《つぶ》れるかと思った……

あまりの痛みに涙がじわりと浮かぶ。鼻をさすりながら、ここでようやく衝突した相手を確かめる。

「えっ……あ、あの……？」

相手は、呆《ほう》けた表情で私を見ていた。

「でん——」

ぶつかった相手は、まさかの王子だった。うしろには、衛兵が複数人控えている。こんな大きな鞄《かばん》を抱えていては、今の私は怪しいことこの上ないだろう。衛兵たちに声をかけられるのは必至だ。

どうしよう……！

「怪我《けが》はないか？　ああ、頼んでいた物を運んでくれたのか。ついでだから部屋まで頼む」

なんと言い訳しようか考えていたら、王子が機転をきかせてしゃべりかけてくれる。私は彼の申し付けにより城を訪れた人、という設定にしてくれたようだ。

王子は傍にいる衛兵にわざと聞かせるよう、大きな声でそう言った。そして、自身も一旦《いったん》部屋に戻ると伝え、王子と衛兵、そしてそのうしろに鞄《かばん》を持つ私という奇妙な組み合わせで回廊を進んだ。

「お前たちはここで待っていろ」

私室の扉の前で護衛たちにそう言うと、王子は鞄《かばん》を抱える私を一人扉の中へ入れた。分厚い扉の鍵をかけてから、私の手を掴《つか》み、ずんずんと大股で歩き出す。

「ひゃっ……！　ちょ、ちょっと、待って、くださ……！」

なかば引きずられながらも、鞄《かばん》を取り落とさないように必死に抱える。そして居間に着くなり、王子はくるりと振り返り、眉を吊り上げた。

「勝手になにをしてるんだ！　肝《きも》が冷えたぞ！」

私はビクッとする。怒りをあらわにした王子は、私の頬を両手で挟み、まっすぐに視線を合わせた。

「それを取りにいったのか……なぜ俺に言わない。俺が信用できないのか」

王子の怒りは、私の身を案じる気持ちからのものだったらしい。彼の瞳の奥に安堵《あんど》の色を感じ、私は胸が締め付けられた。

「すみません……」

実際には荷物を取りにいったわけではなく、早速情報収集をするつもりだったのだけれど……それは言わないほうがよさそうだ。

私は重い鞄《かばん》を床に置き、しゅんと肩を落とす。

「王子様相手に、あまり借りを作りたくなくて、つい」

「正直すぎる。もう少し言葉を選べ」

「ウィベルダッド殿下のお手を煩《わずら》わせたくなくて。勝手な行動をしてしまい申し訳ありません」

「……セラが無茶をする性格だというのがよくわかった。──ところで、この中にはなにが入っているんだ」

ふっと溜息を吐いた王子は、私の頭をぽんぽんと撫《な》でながら鞄《かばん》を眺《なが》めた。

「あっ、ええと、女性用の下着です──ごく普通の」

「ごく普通の、とわざとらしく言うからには、あの際どい下着も入っているんだな」

「え、えええええ、そ、そうです。少しだけですよ、ええ、ほんの少しだけ、入っています！」

今さら隠しても仕方ないのだが、気恥ずかしくて誤魔化《ごまか》してしまった。でも、やっぱり誤魔化《ごまか》しきれなかったか。秘密の商品について、求められるまま詳しく説明した。

──男の欲情をそそる、見えそうで見えない誘惑下着。ル・ボラン大公国の丁寧な織物と縫製《ほうせい》で作られ、特別な刺繍《ししゅう》などが施《ほどこ》されたものだ。

「なるほど。この商品の売買のため、モングリート夫人はセラを私室に通したのか」

「ほとんどの方は、下着ということもあり、私を寝室に通してくれました。ですので、深い話を耳にすることが多くて。うまくすれば、殿下の食事に毒を盛りそうな人物を挙げられるかも」

今のところ得られた情報は――やれあの殿方はすぐに果てるだの、やれあの日は舞踏会を抜け出して庭で行為に及んだだの……と、実《み》にならないことばかりだけど。

お陰で、貴族の御夫人方の交友関係と、性行為の知識だけは深くなってしまった。結婚相手との間で、この知識が生かされる日がくるのかどうか――いや、生かされないほうがいい。縄で縛るとか意味がわからないし、そんなハードな性行為などするわけがない……と思う。

「無理をして探る必要はないから……準備が整えば外出も少しなら許可すると言ったはずだ。それまではこの部屋で、大人しく待っていてくれないか」

「ちょっとだけでも出てはダメですか？」

「頼むから」

「でも――」

「頼む」

なにか話そうとしても即座に遮《さえぎ》られ、あまりの取りつく島のなさに諦《あきら》めざるを得ない。なぜかといえば、私の目的は王子の役に立つことであって、困らせるのは本望ではないからだ。

「あの……それなら時間を持て余してしまうので、裁縫《さいほう》道具を用意していただくことはできませんか？　イヤル商会なら、私のほしいものが揃っているので、せめて一度そこへ行かせて……」

「なにをするんだ」

「ここで色々作ろうかと思いまして」

どうせこの部屋から出られないのなら、有り余る時間を利用して販売用の商品でも作ろうと思ったのだ。

ここで仕上げて次回誰かしらに接触する時に備えたい。

「セラを出歩かせるわけにはいかない。だが、イヤル商会のコウロを、すぐに呼ぼう。確かお前の姉の夫だったな」

「えっ、ご存じだったんですか？」

「周辺国の王族の系図ぐらい頭に入っている。それに、コウロは友人だからな。なんでも好きなものを注文するといい」

「いいのですか!? じゃあ、えっと裁縫《さいほう》道具一式と、生地と、麻縄と……。あっ！ でも、コウロは今、トゥーケイへ買い付けに行っていて……」

「それも知っている。あと二、三日中には戻るそうだ」

王子は、私の希望通りにイヤル商会への取り次ぎを約束してくれた。そこで初めて私の服に気付いたようで、おや、と首をかしげる。

「見覚えのあるシャツだが……もしかして、これは俺の服で作ったのか？」

「あ、はい。衣装部屋からお借りしました。こっちはベッドカバーで……軽く縫《ぬ》っただけなので、すぐに元通りに直せますからご安心ください」

まじまじと見つめられると、なんだか恥ずかしい。もっと縫《ぬ》い目を丁寧にすればよかったな、と少しだけ悔《く》やむ。

「針子の仕事はよくわからんが、もはや元がベッドカバーだったなどと、とても思えん。……しかし、よくこの短時間でその身支度《みじたく》ができたな」

「ル・ボランの女性なら皆、幼いうちから針仕事を覚えますから」

ル・ボランは、雪により外界から閉ざされる期間が長い。その間、やることがないので針仕事などの室内でできる作業が、おのずと上達するのだ。私も苦手ではあるけれど、できないわけではない。

そう言うと、王子は顎《あご》に手をやり、なにか思案するよう目を伏《ふ》せた。

……さすが王子様。絵画のように美しいわ。

こちらに注意を向けていないのをいいことに、無遠慮《ぶえんりょ》に上から下までじっくり見る。均整《きんせい》の取れたしなやかな体つきに、整った顔。

カチッとした硬派な服装は、彼にとてもよく似合っていた。亜麻色《あまいろ》のちょっと硬そうな髪、意志の強そうな眉、切れ長で眼光鋭い目。鼻筋はすっと伸び、やや薄めの唇は――くちびる……

視線が王子の唇に吸い寄せられる。私は、あの唇にキスをされたんだ。

その時のことを思い出し、カッと体中が燃えるように熱くなる。

「ところでセラ。一緒に一旦《いったん》この部屋を出ないといけないんだが」

「へ？　どうしてですか。殿下だけ出て行ってくださいよ」

すると王子は「頭が痛い」と眉間に拳《こぶし》を当てて唸《うな》る。

「セラ、お前は護衛の兵士と共にこの部屋に来たことを忘れたか？」

そういえば、ここへは王子に用事を申し付けられた人として招き入れられたのだった。

「そうでしたね。では、あとで窓から入り直せばいいですか」

「およそ淑女《しゅくじょ》らしくない答えだが……」

今回ばかりは仕方ない、といった様子で、渋々認めてくれた。それから王子は、私が抜け出た窓に近寄り、外の景色を確かめて息を呑む。

「……よくここから降りたな」

「岩場に比べたらまだ安全ですよ」

普段上《のぼ》っている岩山と比べたら規則正しく並ぶレンガや石畳なんて、目を瞑《つむ》っていても平気だ。

「セラ」

あとで入れるようにと窓を開錠した王子が、私のほうを振り返る。

「頼むから無茶をするな。俺の体が空《あ》くまで、じっと部屋にいてくれ」

真剣な声に、私は思わず背筋が伸びた。

「はい、なるべく努力します！」

「なるべく、じゃダメだ」

「それじゃあ、えーと……善処します？」

「そこは、『わかりました』でいいだろう？」

「素直になれない気持ちも汲《く》んでください！」

思わず反発したら、王子はガクリと肩を落とす。

「……セラと話すと、どうも調子が狂うな」

「同感です」

私も素直に同調したのに、お気に召《め》さなかったのか王子は「行くぞ」と力なく言って部屋を出る。

私も慌ててあとに続き、回廊に出た。

「失礼します」

護衛を連れて歩き出す王子の背を、私は綺麗にお辞儀《じぎ》をして見送る。振り返ることのなかった彼の背中は、少し疲れて見えた。

――それから王子が私室に戻ってきたのは、翌朝、空が白み始めた頃。

前夜、私はしばらく寝ずに待っていたのだけれど、眠気に負けて、居間のソファで眠り込んでしまった……はずだった。

でも次に目を覚ましたら、なぜか寝室のベッドの上で、見目麗《みめうるわ》しい王子のお顔と対面するはめになった。

「おはよう」

「……っ、ぐっ。お、おはよ、うございます。なんで私、ここにいるんでしょうか」

「セラは昨日から、俺の部屋で生活しているだろう？」

「じゃなくて！　ソファで寝たはずなのに、なんでベッドの上で、しかも殿下と並んで寝ているんでしょうか！」

嫁入り前なのに！　と私はベッドの中で頭を抱える。すると、王子はクスクスと情欲的な声色で笑い、一言――

「慣れろ」

「なにですかーーっ！」

仮に、男性とベッドで一緒に寝ることに慣れる必要があったとしても、それはまだ見ぬ旦那様とだけでいいはずだ。

「もうっ！　殿下なんて机の角に足の小指をぶつければいいんだわ！」

小さな呪詛《じゅそ》を吐きながらゆっくり起き上がると、なんだか自分の体がおかしい。え……っ、なんだか、妙に涼しい……

「っ！　な、な、な……！　私、なんで服着ていないんですか！」

昨夜、ソファで寝た時は、確かに衣服を身にまとっていた。しかし今はなぜか下着だけで、しかもその下着とは例の〝誘惑下着〟である。

この下着……面積が限りなく狭くて薄いため、私の体、ほぼ見えていますよね？

布団に潜《もぐ》って縮《ちぢ》こまっていたら、バッと剥《は》がれてしまい、全身を王子の眼前《がんぜん》に晒《さら》すことになってしまった。

「きゃああっ！　なにするんですか！」

「いや、その誘惑下着とやらに興味があって。じっくり全体像を見たくてな」

胸を隠すように交差した私の腕を、王子は力ずくで引きはがす。そうして、私の胸元にぐいと顔を接近させた。

う、近い……体を引こうにも、両腕を掴《つか》まれているためにビクともしない。

「殿下……離してください」

「あとでな」

今じゃないと意味がないのに！　と抗議の声を上げようと口を開いた瞬間、柔《やわ》らかく唇を重ねられ、口の中に舌が滑《すべ》り込んでくる。

「ひ……っ、んん……！」

初めてされた時より、激しい。何度も何度も角度を変え、食べられてしまうと思うほど熱烈《ねつれつ》に吸い付かれ、厚みのある舌先で私のそれを嬲《なぶ》る。わずかな唇の隙間から、ぴちゃぴちゃと淫《みだ》らな水音が零《こぼ》れ落ちた。

「ん……ん！」

呼吸すら奪われ、頭がくらくらする。

自分以外の舌が口腔《こうこう》内を好き勝手に暴《あば》れまわり、逃げようとしてもすぐに捕らえられてしまう。粘膜《ねんまく》同士が擦《こす》れ、ざらりとした感触に全身の肌がぞくりと粟立《あわだ》った。意識が朦朧《もうろう》とし、思考が霞《かす》んでいく。

お互いの混じり合った唾液を、私は喉を鳴らして嚥下《えんげ》する。それでも呑み込めなかった分は口の端からとろりと零《こぼ》れ、喉元を伝って落ちていった。

王子は唇で私の下唇を軽く食《は》み、ようやく口付けから解放されたかと思ったら、今度は首筋を舐《な》められた。

「あっ……っ……！」

温石《おんじゃく》を当てられたような熱を感じ、体温がじわりと上がる。

王子の舌先が私の肌の上を、つつつとゆっくり滑《すべ》って下りていく。熱い舌の描くその軌跡《きせき》は冷気を呼び込み、体は小さく震《ふる》えて縮《ちぢ》み上がる。

しかし急に、その攻撃が止まった。

恐る恐る王子の視線を追ってみると、私の胸元を見つめていた。そこには、繊細《せんさい》に組まれた鎖《くさり》の先に、小さいながらもル・ボランの星の原石がついているペンダントがある。

彼は、わずかに睫毛《まつげ》を震わせ、ふっと表情を緩めると、その原石に軽く口付けた。

それを見た途端、直接触れられてないくせに私の体が反応する。王子の髪が首筋にかかってくすぐったい。それに、心臓の近くに顔を寄せられて、激しい鼓動の音が聞こえてしまわないかと心配になった。でも、体の反応は自分の意思ではどうにもならない。

胸の膨《ふく》らみの頂点は、主張するようにツンと硬く尖り、それを目《ま》の当たりにした私は、羞恥《しゅうち》で目頭が熱くなる。見られたくない、どうか気付かないで、と心の中で祈るものの、私のいやらしい突《とっ》起《き》に王子の視線が留まった。

「触れてほしいようだが、まだお預けだよ、セラ」

私の体と直接対話でもしているかのように宣告する。しかし私はそのようなことを少しも願っていないし、それどころか逃げ出したくて仕方がない。

寒さとは違う震《ふる》えは収まる気配を見せず、体は前回触れられた感覚を覚えていて、それ以上の刺激を……欲《ほっ》していた。

――もっと私に触れてほしい。

――ダメ、こんな行為、してはいけない。

――もっと体の奥へ、もっと、もっと。

相反する気持ちが交互に押し寄せてくる。

私は一体、どうしてしまったのだろうか……

清い身のまま結婚相手に体を捧《ささ》げて一生を終える……と思っていた。

なのに、私ときたら王子にそうされることを望んでいるかのように体を委《ゆだ》ねている。

口付けだって、こんな風に簡単に許すなんてあってはならないことだ。なのに、私は口付けされれば応《こた》え、肌に触れられれば官能の扉が簡単に開いてしまう。

誰でもいい、というわけではない。それだけははっきり言える。ではなぜ私はこの王子様に……？

今さらながら考えていたら、王子の口付けは首元に戻り、ちろちろと這《は》うように舌先でくすぐってきた。

「や、だ……！」

身を捩《よじ》っても、王子は一向にやめる気配を見せず、私の首筋を甘嚙《あまが》みした。その歯の柔《やわ》らかく当たる感触で、産毛《うぶげ》が逆立つ。

「やめてくださ……お願い……っ」

「味見だけ」

「……っ、あっ！」

手を掴《つか》まれたまうしろに押し倒される。

天井に向かって突き出された左胸の膨《ふく》らみに近付き、王子は下着ごとぱくりと口に収めてしまう。

堪《こら》えきれないなにかに体が反応し、ビクンと戦慄《わなな》いた。

舌先が私の乳房の先端にある粒を、ツンツンと突《つつ》く。そのたびに意味のない声が私の口から漏《も》れてしまい、辛くなる。

王子は片手で、私の両手首を一つにまとめながら、もう片方の手で脇腹をさわさわと撫《な》でてきた。

「や、や……んぁっ……」

「こんな生地、どうやって織るんだ？　ル・ボランの織物は繊細《せんさい》でとてもいい」

そう尋ねながらも王子は、私の足の間に膝《ひざ》を割り込ませた。そして、右手を私の脇腹から胸へと移動させていく。

「柔《やわ》らかいな。それに形もいい」

ゆっくりと円を描くように揉《も》まれ、その指の間には薄く色づいた乳首が見え隠れしている。掌《てのひら》でやわやわと揉《も》みしだかれ、心臓の鼓動が速まっていった。

「やめ……や……っ、……んん、んっ！」

抵抗しようにも四肢に力が入らず、触れられた場所の一つ一つがカッと熱くなる。

ゆっくりと形を確かめるように動いていた指先が、その先端にある尖りを優しく摘《つ》まんだ。

「きゃぅっ！」

ツンと硬くなった乳首を、指と指に挟んでくにくにと弄《いじ》られる。すると震《ふる》えは、さらに大きくなる。その間にも左胸を舐《な》められ続け、涙が滲《にじ》んだ。

「や、そこは、そこ……だめ……！」

揉《も》んでいた右手が、今度は私の無防備な腹を滑《すべ》って下りていき、下腹部に行きつく。ごくごくわずかな布のみで陰部を隠し、腰の部分で紐を結んでいるだけの下着だ。着けていないも同然である。

「こんな細くて役割を果たしそうにないのに、この紐……なかなかそそるものがあるな」

紐の線に沿って下腹部を撫《な》でてから、紐をはらりと解《と》いた。

しかし王子の指はあらわになった秘所へ向かうことなく、紐をくるくると巻く。遊んだ紐の先が私の腿《もも》の付け根をくすぐった。

「や、そこ……い、や……んっ」

堪《たま》らず腰をくねらせても、じわりじわりと彼の指は秘部に向かい迫る。この指が怖いはずなのに、早く触れてほしいかのように疼《うず》きが止まらない。

やがてその指は、布越しに秘裂へ押し当てられた。

「きゃうっ！」

思わず悲鳴《ひめい》が飛び出る。全身に雷《かみなり》が落ちたかのような強い刺激で、ギリギリまで堪《こら》えていた涙はぽろぽろと溢《あふ》れ出す。泣き出した私に気付いたのか、一瞬動きを止めた王子だったけど、瞳の奥に小さな情欲の炎が灯《とも》るのが見えた。

「セラはそうやって俺を煽《あお》る……手加減したいのだがな」

喉の奥で笑うと、あろうことかその指を上下にゆっくり動かした。

「ん、んーっ！　んあっ！　やっ、だめぇ……！」

羞恥《しゅうち》で目頭が熱くなる。

紐が解《ほど》かれたとはいえ、一応まだ布で覆《おお》われている秘部を、こすこすと指で上下されていくうちに、なぜかそこが湿り気を帯《お》びてきた。

にち、と音が聞こえた途端、恥ずかしすぎて舌を噛《か》みたくなる。嫌がっているくせに、しっかり反応してしまっている自分の体に腹が立った。

いっそ、強引ならばまだ諦《あきら》めもついたかもしれない。でも、目の前の男は強引ではあるけれど、一つ一つの行動がいちいち優しく、私を気遣うのだからタチが悪いと思う。

「もういいかな。これだけ体が反応しているのなら大丈夫だ」

体は火照《ほて》り、全力疾走した時のように息が整わない。大きく息を吸った瞬間、王子の指が下着の脇からするりと潜《もぐ》った。

「っ！　ひっ……！」

柔肉へ直《じか》に指が触れた。体を清める際に自分で触れる感触とまったく違うそれは、さらに気持ちを高ぶらせる。

「や、んっ、んんあっ、……や、やあああっ、んんっ」

秘裂に太い指が忍び込むと、そこから、くちゅ、くちゅ、と粘ついた音がする。

つい一瞬前までの布越しの音とはまったく違い、ぐちゅぐちゅとした、粘液の量が多い音へと変化していた。

「やめ……はずか……し……！　聞か、ないで……」

涙をぼろぼろ零《こぼ》して懇願《こんがん》しても、ちっともその手は止まらない。

ぬるついた指で敏感《びんかん》な芽に触れられ、私は悲鳴《ひめい》を上げた。

「痛いか？」

痛いのではない。強すぎる刺激で声が止められなかったのだ。私は唇を噛《か》んで声が出ないようにしようとしたが、王子に止められた。

「唇が傷付くだろ。声を出すのが嫌なら、俺が塞《ふさ》いでやるから」

「そういう問題じゃな……んぅっ！」

唇を重ねることで、確かに声は出なくなった。でも、別の意味でよくはない。

「んっ、んーっ！　んん……！」

当然塞《ふさ》ぐだけでは済まず、舌を絡められる。それに、陰部に触れる指の動きも、より激しくなった。

すっかり潤《うるお》って滑《すべ》りのよくなった陰核を、ぐにぐにと押しつぶしたり爪弾《つまび》いたり。太い指は、どんどん私を乱れさせていく。

「んーっ！　ん、ふっ……ぅ……！」

いよいよ苦しくなり、なにかの拍子《ひょうし》にはじけ飛んでしまいそうな、妙な気持ちに囚《とら》われていた。

経験したことのない感情の高まりに理性が付いていかない。

身を捩《よじ》ろうにも、手首はがっちりと押さえられているため動けない。それどころか秘所に触れられるほど、体から力が抜けていってしまう。そんな私の様子に、王子は手を止めて言った。

「辛いか？　……では、今日はこのあたりにしておこう」

陶然とした面持《おもも》ちの王子は、私の愛液を自《みずか》らの指に絡め、私に見せつけるように舐《な》めた。その蜜の残りが、指の端からとろりと零《こぼ》れ、糸を引きながら私の鎖骨《さこつ》に落ちた。

その淫《みだ》らな汁のせいか、それとも王子の熱を帯《お》びた視線のせいなのか、私の体がぞくりと震《ふる》える。

「物足りない？」

私が王子をぼんやりと見ていたのを、そういう気持ちからだと受け取ったらしく、口の端をクッと上げる。当然私はそんなつもりなどまったくないので、ふるふると首を横に振った。その拍子《ひょうし》に眦《まなじり》に溜まっていた涙が零《こぼ》れ落ちる。すると、なぜか王子は息を呑んだ。

「これでも抑えてるんだが……くそっ」

なにに対して悪態をついているのかわからないけれど、私に対してなにか苛立《いらだ》っているようだ。

いつまでも嫌がっていたり、反応が悪かったり、泣いたりしたからかな……

それにしても、こんな目に遭うなんて……。私の腕や足には筋肉ががっちりついていて柔《やわ》らかさが足りないし、ほかの女性たちのような魅力があるとは思えない。そんな女に欲情するわけがない――と思う。なのに、どうして……

「どうして……こんな酷《ひど》いことを」

「それは――」

疑問をぶつけてみたら、王子は一瞬怯《ひる》んだ表情を見せた気がした。しかし、それは私が瞬《まばた》きしている間に掻《か》き消えてしまう。私の見違いかもしれないから、もう少ししっかり確かめようと王子を真正面から見返す。すると王子は、ぱっと視線を横に逸《そ》らした。

「……セラがここにいるのが悪い」

「ウィベルダッド殿下！」

答えになっていない言葉が返ってきて、意味を問おうとふたたび口を開くと、ふっと手首の拘束《こうそく》が解かれた。

今のうち、と自由になった手でベッドに手をつき、起き上がろうとしたところ、臍《へそ》の窪《くぼ》みをぺろっと舐《な》められた。

「きゃあっ！」

王子は、いつの間にか私の足の間に体を滑《すべ》り込ませ、両膝《りょうひざ》の裏を手で押さえていた。そうして臍《へそ》を舐《な》め、その舌先を徐々に下げていく。私は思わず王子の亜麻色《あまいろ》の髪をくしゃりと掻《か》きまわした。

一旦《いったん》落ち着いたはずの気持ちは、あっという間に元の位置かそれ以上の高みに押し上げられていく。

申し訳程度に密生している恥毛を彼の鼻先が掠《かす》める。一瞬の間があって、ビリビリと弾かれるような強い刺激を受けた。

「っ……！　ぁ……！」

叫ぼうとしたけれど、声にならなかった。蜜口のあたりを舌全体で、下から上へ、ベロンと舐《な》め上げられたからだ。

直《じか》に握《にぎ》られたかのように心臓が痛くなり、全身を巡る血潮《ちしお》が粟立《あわだ》つようだ。しかし、もっと、もっと、と望む内なる声が大きくなっていく。

舌の技巧は止まらず、陰裂の周囲をなぞる。かと思ったら、最初のようにベロンと大きく舐《な》められ、とめどなく溢《あふ》れていく蜜を絡め取りながら、淫芽を弄《もてあそ》ばれる。次第に私の体は熱くなり、今にも燃えてしまいそうだ。王子の執拗《しつよう》な愛撫《あいぶ》によって溢《あふ》れる体液はシーツに染み込み、触れるたびに冷たさを感じた。

大きく割り開かれた私の両足の間に彼が入り込み、そこを舐《な》めている。その事実は視覚でも触感でも私を刺激した。

私はもはや抵抗できず、ただひたすら王子の猛攻《もうこう》に翻弄《ほんろう》されていた。

「ふあっ、ああっ、あああっ、んっ！　んんあっ！」

意識のすべてが下腹部に集中し、次第に頭の中が白い霧《きり》に埋め尽くされていく。爪先《つまさき》がピンと突っ張り、小さな体の震《ふる》えは、いつの間にか全体に広がっていった。

握《にぎ》りしめたシーツに、波のような皺《しわ》ができる。私はシーツに、必死でしがみついた。

胸が苦しい……息ができない……

眉根をぎゅうっと寄せて、熱の高まりに耐えた。

でもそのくらいで耐えられるものではない。王子は舌先をすぼめると、秘すべき泉の湧き口へ押し当てた。

「きゃあっ！　ん、んぅっ！　や、あああっ！」

じゅぱ、と粘液が絡みついて生じる音が、鼓膜《こまく》を犯す。

そんな場所に舌を押し込まれるなんて……！

体中がしびれ、頭の中はぐつぐつと煮えたぎるようだ。

「あとからあとから溢《あふ》れて……すごいな」

熱い吐息も混じって秘所をくすぐり、それすらも堪《たま》らなくなってしまう。

彼の舌は花弁の隅から隅まで這《は》いまわり、ぐずぐずに溶けた蜜壺《みつつぼ》に潜《もぐ》った。

「あっ……ん、んっ……も……」

止められないこの声が恥ずかしくて仕方がない。口を自分の掌《てのひら》で覆《おお》ってみたけれど、呼吸が苦しくなるだけだった。

そんな無駄な努力を嘲笑《あざわら》うかのように、王子はコロコロと転がすだけだった淫芽を、急に歯で軽く食《は》んだ。

「……いっ！」

ぴんと背中が反《そ》り、心臓が跳ねる。

ダメ、これ以上なにかされたら私は……！

堪《こら》え切れないなにかが頭の中を占めた。

はぁ、はぁ、と呼吸するたびに胸が大きく上下する。王子は私の肉芽を舌で押し潰《つぶ》し、嬲《なぶ》り、じゅうっと強い力で吸い上げた。

「……ふ……ぁんっ!!」

その途端、光が弾け、頭の中が真っ白になったと思ったら、ガクガクと体中が小刻みに痙攣《けいれん》した。

「……ん……ふぅ……っ、……」

口を閉じることもできないほど、呼吸を小刻みに繰り返す。けだるさが全身へ一気にまわり、震《ふる》えの余韻《よいん》はじんわりと下腹の深いところに残る。

くたりと力をなくした私からようやく王子は体を離し、私の髪を数度撫《な》でたあと、掛布をそっと被《かぶ》せてくれた。ベッドから下り、動けないでいる私の頬に口づけを落として静かに寝室から出ていく。

今、とんでもないことをされたのよね……私の体は。

呼吸を整えながらそう考えた途端に、体がポッと熱くなる。

――本気で逃げ出そうと思えば、きっとできた。両手をまとめて押さえられてはいたけれど、本気で抵抗すればきっと解放してくれた。

モングリート侯爵に襲われそうになった時とは、まったく違う。私を見る目つきも、触れる手も……

王子に触れられた時、私はまったく嫌悪を感じなかったのだ。

彼が私に触れてくれる手は、言葉ではうまく説明できないけれど、とても優しい。

とはいえ、あんなふうに恥ずかしいことをいろいろされたのに、なぜ私は……それを気持ちがいい、と思ってしまったんだろうか。

王子の舌の技巧を思い出すだけで、体がカッと熱くなる。

彼によってもたらされた官能の熾火《おきび》は、今もまだ体の奥に燻《くすぶ》り続けている。

もっと違う形で出会いたかったな……

ふと紡いだ言葉は、音もなく寝室の床に溶けて消えていく。そこへ、王子が手に盆を持って戻ってきた。

「セラ、水飲むか」

聞きながら、コップを私によこす。断る理由もないので、もそもそと掛布団を引き寄せてから体を起こしてコップを受け取り、一口飲んだ。思ったより喉が渇《かわ》いていたらしく、一気に全部飲み干してしまい、しまいにはおかわりまで要求してしまった。

王子はふわりと笑みを見せながら水差しを手に取り、また水を注《そそ》いだ。一杯目より少し落ち着いた私は、お水を飲んだ時に鼻に抜けるいい香りがすることに気付いた。ゆっくり味を確かめながら飲んでいたら、王子は私の疑問を読み取ったように「果汁を加えてある」と教えてくれた。それを聞き、私はより一層その味や香りを楽しみつつ、じっくりと飲み干す。

ああ、体中に染み渡るようだわ……

私の喉と高揚《こうよう》した気持ちが落ち着いてくる。

「御馳走様《ごちそうさま》でした。……でも、どうしてこの……このようなことを」

美味《おい》しいものを食べさせたからといって、私の体に悪戯《いたずら》していいわけではない。恥ずかしさを堪《こら》えつつ、どうしてもその理由を知りたくて尋ねると、自身も手酌でコップ一杯の水を飲み干した王子はわずかに目を泳がせた。

「下着の観察だと言っただろう？」

「見るだけだったらなにも私の胸……というか体を、どうにかしなくたっていいじゃないですか！」

「最後まではしてない」

「そうですけど……」

「それならいいかと思って」

「ちっともよくないです！」

私の抗議など、そよ風くらいにしか感じていないのだろう。王子はベッドの上にいる私の傍に腰を下ろした。

思わず身構えると、「もうしないよ」と笑う。しかしすぐ「……今日はね」と付け足された。

「この下着、思った以上にいいもんだな。売れる理由がわかった気がする」

胸を覆《おお》う下着の肩紐を指でなぞり、王子は感心したように頷《うなず》く。

「……これを買うためにベルエはセラを呼んだんだな。ところで、ベルエが寝室に連れてきた仲間は誰かわかるか？」

あの部屋では、商人の私を警戒してか、お互いの名前を呼んでいなかったのを思い出す。

「名前はわかりません。でも、見た目の特徴ならなんとか」

そこで私は、その五人の詳しい特徴を指折り数えながら伝える。

髪の色、ほくろの位置、体型、身に着けていた指輪などなど、思いつくまま並べ立てると、王子は思い当たる節があるのか「耳の形は」「声の高さは」など突っ込んだ質問をしてきた。

私が今、話していることの中に、彼の役に立つ情報があるのだろうか。頭をフル回転させて記憶を呼び起こし、覚えている限りのことを話す。

「なるほど」

ウィベルダッド王子は顎《あご》に手をやり、ふと顔を上げて私を見る。まっすぐな視線になぜかドキッと胸が高鳴ってしまい、私はそれを誤魔化《ごまか》すように、ふいと視線を横に落とした。

「セラ、すまないがこの部屋でしばらく待機していてくれ」

私が了承すると、王子はまるで握手をするような気軽さで、私の頬に触れるだけのキスをし、部屋を出ていく。

私はキスをされた頬に手を当て、扉を見ながら呆然《ぼうぜん》とするばかりだった。

4

「お待たせ！　妹ちゃん！」

三日後に、王子の私室へ来たのはイヤル商会のコウロだった。山吹色《やまぶきいろ》の髪は、いつもてっぺんに癖毛がぴょこんと出ているのが可愛らしい。

コウロはリータ姉様の旦那様で、ル・ボラン大公国を訪れるリグロ王国の使節団の一人であり、隊商の束《たば》ね役だ。年に二度ほど来るけれど、そのたびにたっぷりとお土産《みやげ》を持ってきてくれる。私の大好きなリータ姉様手作りの焼き菓子や、時季が合えば乾燥果物も用意してくれて、私も妹も、いつ来るかと首を長くして待っている。そんな大好きな義兄だ。

「コウロ！　待ってたの、ありがとう！」

「肝心《かんじん》な時に国内にいられなくてごめんな？」

「ううん、いいの。こちらこそ急にごめんなさい」

「ま、なんとかなってるようでよかったよ。さて、ご注文の品だよ。合っているか確かめて！」

私は、コウロが持ってきたいくつかの品を、テーブルの上に広げて検分する。

「ええと、針と糸と……わ、嬉しい。生地がたくさんある！」

「妹ちゃんのほしい物は、これかなって」

「この飾りも……ねえ、手に入れるの、難しかったんじゃないの？　でも嬉しい！」

この部屋に一人篭《こも》るようになってもう三日。初めは物珍しくて部屋中をうろついたり、用意された食事を美味《おい》しくいただいたり、衣装部屋でリグロ伝統の刺繍《ししゅう》を見て学んだりして楽しんでいたけど、いい加減飽きた。

お世話になっている身なので贅沢《ぜいたく》は言えないが、このような軟禁《なんきん》状態では、運動不足すぎて体がなまってしまう。

しかし、そんな文句を言う相手さえいない。王子とは、あの日以来顔を合わせていないのだ。いつ戻ってくるかと、夜もソファで起きて待っていても、ちっとも会えない。

でも、ソファで眠り込んでしまうと、決まって翌朝にはベッドに寝かされているので、おそらく一度部屋には戻ってきているはず。けれど、ベッドの隣に寝た形跡はなく、ソファも冷たいままだった。

でも以前私が王子に頼んだ裁縫《さいほう》道具は忘れていなかったようだ。その気遣いに心が温まる。

――コウロとこうやって連絡が取れるというのは、たとえ滅多《めった》に会えない相手だとしても大変心強く感じられた。

コウロに会うまで張りつめていた緊張の糸を和《やわ》らげながら、取り出した荷物たちをそれぞれ広げていく。生地などは皺《しわ》を伸ばすために手で叩いて衣装部屋に吊るし、裁縫《さいほう》道具は掃除や食事の準備のために訪れる侍女たちに見つからないよう隠しておくことにした。……侍女さんたちは隅々まで掃除をしていくので、私はその間こっそりと隠れている。気配を消すのは狩りで慣れているし、本棚の裏に隠し部屋があるので、それほど苦労はなかった。

食事だって、王子が夜食として部屋に用意するようにと侍女に伝えてくれたので、不自由なく食べられる。だけど、あんなに美味《おい》しかったパンやスープが、一人で食べると味気なく感じて――

「あっれー？　あまり元気ないように見えるけど、どうしたの？」

とても長く感じた三日間を思い返していたら、人好きのする笑顔を見せながらコウロは聞いてくる。

「ねえ妹ちゃん。なんでずっとウィベルのとこにいるの？　しかも私室でしょー。まさか監禁でもされてたり」

「惜しい！　実は――」

「そっかー、惜しいかー……って、ええっ!?　それってもしかして手籠《てご》めにされ――」

「違っ！　ちょっと、待ってコウロ、声が大きい！　しーっ、しーっ！」

大声を上げた彼の口を、私は慌てて手で塞《ふさ》いだ。

コウロはとても気が利くけれどそれは商売に限った話で、普段はうっかり発言が多くてヒヤヒヤする。

最近はリータ姉様がそのあたりを上手く舵取《かじと》りしているらしく、コウロの突飛《とっぴ》な発言は減ったようだ――と思いたい。

とにかく、リグロに来たまでの経緯は伝えてあるので、今の状況に至るまでのいきさつを話す。

「父様からの書状を渡したら、ウィベルダッド王子はすぐに行動に移してくれたわ。それに……え、えっと、私にも……とてもよくして……くださるの……ゴホン。た、たぶん、兄様たちが行ったカジャやトゥーケイでは、こんなふうに手厚くしてもらえなかったでしょうね」

アレやコレの淫《みだ》らな行為を思い出し、顔から火を噴《ふ》きそうになったけど、どうにか堪《こら》えることに成功した。

「まっ、なんかあったらお義兄ちゃんに言うんだぞ。すぐに駆《か》け付けるからな」

にっこりと笑うと、垂れ目がさらに垂れた。しかし、すぐに真面目な顔に戻り、コウロは私に小さな短刀を差し出した。鞘《さや》には精巧《せいこう》な紋様《もんよう》が描かれ、何気なしに柄《つか》を見れば、イヤル商会の刻印が打たれている。

思わず受け取ったけれど、背中がぞくりと震《ふる》えた。

「いいか、危険を感じたら迷わず抜け。相手がたとえウィベルであってもだ」

「……え？」

「僕はウィベルと友人ではあるけれど、立場が違う……わかるね？」

頑張れ、と重ねて言うと、ピリッとした空気を断ち切るようにコウロはパンパンと手を叩いた。

「じゃ、そろそろお暇《いとま》するよ。ずっと二人っきりで内緒話してると、僕が殺されちゃうから！」

長居しちゃってごめんね～、とコウロは私に向かって——正確には、私のうしろに向かって言った。

「なにが品物を置くだけですぐ帰る、だ。こんな長居するなど許可していないぞ。とっとと帰れ！」

部屋の温度が急に下がった気がする。おそるおそる振り返るとそこには、冷ややかな視線を向ける王子がいた。

「うわー！　王子様ったら怖い～！」

コウロはアハハと笑いながら、私のうしろに隠れた。

「ちょ、ちょっと、コウロ！」

王子の……視線が痛いです……！

怒りの圧力が私に直撃して、涙目になりながら「私が引き留めたんですごめんなさい！」と叫ぶと、王子はようやく怒りを収めてくれた。

するとコウロは、私と王子を見比べながら、ふむふむと一人勝手に頷《うなず》く。

「ウィベル、ま～この場は妹ちゃんに免じて、ね？」

「お前が言うな」

「じゃ、僕は帰るよ。また御用聞きに来るから、衛兵ちゃんに話を通しておいてね～！」

「ま、待って、コウロ——」

この状況で、二人きりにしないでよ！　と引き留めようとした手は空《くう》を切る。コウロは王子の横をすり抜けて、あっさりと帰ってしまった。

残されたのは、手を伸ばしたままの私と……凍《い》てついた氷のような気配を漂《ただよ》わせる王子のみ。

でもコウロに対して怒っているんだよね？　だったら帰ったことで、空気は変わるかと思ったんだけど……

「おい」

私は王子にくるりと背を向けて、荷物の片付けをすることにした。

「おい、セラ」

あーすごいわー。この生地の色、結構独特よね。染料が特殊なのかしら。

織り方もどうやっているのかな。こんなにも薄手なのにずいぶん頑丈《がんじょう》にできている。それから……

「おい、セラ、こっちを見ろ。聞こえているのか」

「みみみ見えていません！　聞こえていません！」

「セラ！」

肩を掴《つか》まれ、ぐりんと半回転されるようにまわされた私は、そのまま王子の懐《ふところ》に収められた。

「で、殿下！　ご無体を！」

「どうしてあいつのことは名前で呼ぶのに、俺は呼んでくれないんだ！」

怒りの理由はそれ!?　案外子供っぽいなと思いつつ、理由を話す。

「コウロは姉の旦那さんですし、兄みたいなものですから」

しかし本当の兄ではないだろう、と王子は納得がいかないようだ。

そんなこと言っても、そもそもリグロ王国の次期国王であるウィベルダッド王子を呼び捨てにするのは無理がある。

「できれば自発的にがよかったが、そうも言っていられない。俺のことは名前で呼べ」

「……それは命令ですか」

「当然だ」

命令と言われれば従うしかない。こんなしょうもないことで命令を下すとは、なんて心の狭い王子様だ。

「聞こえているぞ」

「えっ」

心の中で呟《つぶや》いていたつもりが、口に出ていたとは。今さらながら不敬すぎると反省する。

「大変申し訳ありませんでした」

ル・ボラン大公国のために力を尽くしてもらっている上に、匿《かくま》われているというのに、私ときたら。

「名前呼び、今からでも間に合いますか？」

「……嫌々なら呼ばなくてもいい」

なぜか悲しそうに言うので、つい絆《ほだ》されてしまう。呼び捨てって、とても難度が高いけれど、それで気が済むのならいくらでも言おう。

「すみません、ありがとうございます。ええと――ウィベル」

「……っ！」

彼は私の声に息を呑み、ふいっと顔を逸《そ》らした。その横顔にはいまだ不機嫌さが貼り付いているけれど、みるみるうちに耳が赤く染まる。

……コウロが呼ぶのを真似して「ウィベル」って呼んじゃったけど、よかったの？　馴れ馴れしすぎたかなと不安になったけれど、即座に否定の言葉が飛んでこないので、これでよかったのかもしれない。

ホッと胸を撫《な》で下ろしたところで、そういえばと疑問に思ったことを口にする。

「あの、私はいつになったらこの部屋から出てもいいのですか？」

早くなにか行動したくて焦燥感《しょうそうかん》を抱える私に、ウィベルは「とりあえず食事をしながら話そう」と切り出す。それから侍女たちを呼び、部屋に食事を運び込んでもらう。

その間、私はいつものように衣装部屋に隠れて待つ。時間を無駄にしないよう、コウロが持ってきた新しい布に、針と糸を泳がせ刺繍《ししゅう》で模様を描いていく。

そこで私はハッと気付いてしまった。

もしかして、さっきのウィベルの態度は――嫉妬《しっと》？

コウロは呼び捨てなのに、自分はずっと殿下と呼ばれ続けていたから。

いや、まさかね。私のような取るに足らない相手に、嫉妬《しっと》だなんてそんなそんな。

頭をふるふると振って考えを追い出し、針作業に没頭《ぼっとう》した。


食卓が整ったところで、私とウィベルは向かい合い、祈りを捧《ささ》げたあと食事を始める。

ウィベルは私に料理を取り分けてくれるけれど、よく見るとお肉の大きいところなどを私の皿に盛ってくれている。いいのかなと思ったけれど、鼻先に届くいい匂いに躊躇《ちゅうちょ》と遠慮《えんりょ》は消えてしまった。

滑《なめ》らかな芋《いも》のスープに、香草を使ってじっくりと焼き上げたお肉、それから新鮮でしゃきしゃきの生野菜サラダ。

二人で食べる食事は、普段一人で食べている時の何倍も美味《おい》しく感じられた。

ルティエルにこの焼き立てのパンを食べさせたいな、と思いながら、私はウィベルに尋ねた。

「あの、私はもう一度、モングリート侯爵夫人に会いに行きたいです。この国でそれなりの地位にあるようですし、貴族の内情を知るにはうってつけの人物だと思いまして。ド派手で趣味が悪い部屋から人柄まで、胡散臭《うさんくさ》いにおいがプンプンします。この服なら、それほど違和感なく城内を歩けるので、許可をいただければすぐにでも動きたいのですが」

三日前にウィベルのシャツとベッドカバーで設《しつら》えた服は、暇を持て余している間に完成度を上げている。ふんわりと女性らしい曲線を描く、城内にいてもおかしくない服に仕立て直したのだ。そのスカートを、つんと摘《つ》まんで見せる。

「コウロに頼んで、この国の貴族たちの交友関係を教えてもらって——ウィベル？」

コウロ、と口にした瞬間、凍《い》てついた視線が飛んできたため、最後に呼び掛けてみたらなんとか機嫌を戻してくれた。ウィベルは食事の手を一旦《いったん》止め、「そうだな」と口を開く。

「コウロに聞かなくとも、俺が教えてやる」

ウィベルは椅子に座り直した。

「まず一つ目。侯爵の散財により、モングリート侯爵家の懐事情《ふところじじょう》は厳しい。それに、昔は我が国も貴族至上社会だったが、今は違う。過剰《かじょう》な贅沢《ぜいたく》をして、のうのうと暮らせる状況ではない。俺の父が王になってからは、特に厳しくしているからな。もちろん俺も、父の方針に賛成している。それから二つ目。ベルエの愛人である男は、レイモンの間者だ。彼女はその男に入れ込んでいて、金を融通《ゆうずう》したりしている。潤沢《じゅんたく》な資産があるわけでもないのに、夫婦そろって散財しているんだから世話ないよな。最後に三つ目。ベルエの愛人はここ二週間のうちに、ほかの侯爵夫人の愛人も掛け持ちするようになった」

「……はぁ？」

思わず間抜けな声が出てしまった。最後の三つ目に。

掛け持ちということはつまり、いろんなご夫人とあれやこれやと男女の仲、ということだろうか。

「お、お元気ですね……？」

「その感想はどうかと思うが」

呆《あき》れたような突っ込みをされたが、モングリート侯爵夫妻をとりまく状況に、私は頭が痛くなった。

「それにしても、愛人にしてくれるご夫人方をそんな短期間で何人もよく見付けられましたね？」

「わからないか？」

本気で頭を捻《ひね》る私に、すました顔でウィベルは言う。

「セラ、お前だよ」

「……は？」

——えっ、まさか！

「私のせいですか!?」

頭を殴られたような衝撃で驚いた。

「確かに、誘惑下着というきっかけがあり、ベルエ大人と似た立場の女性が集まる機会を作りましたが……」

知らないうちとはいえ、レイモンの間者たちがリグロで動くための資金作りに関わってしまっていたなんて。

「セラ？　どうしたんだ」

私の様子に気付いたウィベルが、席を立って私の傍に歩み寄る。しかし私はそこから身動きができず、膝《ひざ》の上に置いた自分の手にじっと目を落とした。

「……怖いです」

「セラ」

「自分が思っていたよりも大きなことになってしまって……」

ぎこちなく自分の体を自分の腕で抱きしめるけれど、震《ふる》えは収まらなかった。

そんな私の背中を、ウィベルはうしろから優しく抱きしめた。

「セラ、お手柄だよ。セラのお陰で、レイモンの間者と繋《つな》がりのあるご夫人方を一気に知ることができた」

ウィベルは私をあやすように頭をポンポンと撫《な》でながら、話を続ける。

「その誘惑下着のお陰で、隠された交友関係が洗い出された。さらに、俺の身に迫るかもしれない危険を事前に察知できた。もはやセラは、俺の恩人も同然。だから、ありがとう」

ちょっと大げさな気がするけれど、真摯《しんし》な瞳に吸い込まれてしまいそうでなにも言えない。一瞬なのか、それとも長い間なのかわからないほど、ウィベルと見つめ合う。

この人は……どうしてこれほど優しくしてくれるのだろう。

それに私は、キスされ、体を触られ、最も秘すべきところまで暴《あば》かれてしまったのに、それでもなお嫌いになれないのは、どうして。

少し前から、その理由を探ろうと自分の心に向き合っている。すると、優しいとか親切とか、それだけでは語れないなにか深い気持ちが、心の片隅に芽生えていた。

その深いところにある感情は、今こうして見つめ合っていると急激に熱を持って膨張《ぼうちょう》し、それが全身にまわって体が熱くなる。

その時、窓の外から鳥の囀《さえず》りが聞こえ、ハッと我に返った。

――ウィベルが近くに来ると、体調が悪くなるのよね。

私は、ここに来てからの自分の体の変化に疑問を持っていた。彼を呼んだり、顔を思い浮かべたりするたびに心臓が痛くなるのだ。

「リグロの王子様にお礼を言っていただくなど、身に余ることです。それより、もっと私にできることはありませんか」

するとウィベルは、顎《あご》に手をやると少し間《ま》をおき、首を横に振った。

「……セラはもう、なにもしなくていい。あとは俺に任せろ」

「どうしてですか。少しは私も役に立ちたいと願うのはいけませんか！」

逸《はや》る気持ちを抑え、ウィベルを見つめた。

「これ以上の深入りは危険だ」

「承知の上です」

「モングリート侯爵に、今度こそ本当に犯されるかもしれないんだぞ」

「……ウィベルも似たようなことをしたじゃないですか」

するとうっと息を呑んだウィベルは、「俺は違……」とか、「それとこれとは」とか、もごもごと言い出したのでハッキリと言い渡す。

「同意もなしにされるのは絶対嫌です！　ふざけんなってやつですよ」

「セラの同意を得られれば、万事《ばんじ》解決だな」

「斜め上の解釈《かいしゃく》をしないでください！」

「同意もなしにした、と言ったが、最後まではしてないだろう」

「そういう問題じゃないです！　──私はもっと、あなたの役に立ちたいんです」

そう叫ぶと、なぜか呆《ほう》けたように私を見返しているウィベルの姿があった。

「あなたの役に立ちたい……か。何度もそんな風に言ってくれてありがとう」

しばらく考え込んでいた彼は、「よし決めた」と膝《ひざ》を叩く。

「セラ、お前の身軽さを見込んで頼みがある」

「は、はい！」

頬に血が集まり、私は気分が高揚《こうよう》した。

「ベルエとレイモンの間者が繋《つな》がっていることは話したな。下着を売りながら夫人同士の会話を聞いてきてくれないか。その間のモングリート侯爵とレイモンの間者の動向はこちらで調べて、鉢合《はちあ》わせしないようにする」

「誘惑下着を売りながら会話を聞く……？　それだけでいいんですか？」

「それだけとは？」

「ほら、間者のあとをつけるとか、部屋に忍び込んでなにかを探すとか」

あまりに簡単な頼み事なので、不満を持った私は一歩踏み込んだ提案をする。

でも、ウィベルは首を横に振る。

「あまりに危険だ。モングリートに襲われたことを忘れたのか。それにレイモンの間者は単身でこの城に潜《もぐ》り込み、監視の目を掻《か》い潜《くぐ》って何人かの夫人を相手にしている。よほど腕が立つ者に違いない」

「私だって単身で来ましたよ！」

「俺に捕まっただろうが」

そう言われると、ぐうの音《ね》も出ない。

「とにかく、明日までに急いで準備を整えるから、今日のところはこの部屋から絶対に出るな。身の安全を第一に考えてほしい」

「嫌です」

「速攻拒否するな！」

「部屋から絶対出るなって、それじゃあまるで軟禁《なんきん》じゃないですか！」

「まるでじゃなくて、その通りだ！　この間も言っただろう？　とにかく、女性同士の輪に自然に近付くのがセラの役目だ。まずはベルエと接触を図《はか》って、次の販売会の日を決めることからだな」

もう少しちゃんとした役割がほしかったけれど、引き下がるしかなさそうだ。これ以上、ウィベルに面倒をかけてはいけない。

渋々彼の提案を受け入れ、私は明日からこの国でのマル秘任務に就《つ》くことになった。


「……ところで。私室に匿《かくま》っていただいている身で恐縮ですが、同じベッドで寝るのはやめませんか？」

夜《よ》も更《ふ》け、体のために寝なければならないけれど、なぜかウィベルは頑《かたく》なにソファで就寝させてくれない。

「一緒に寝るのが嫌ならば、俺がソファで寝る」

「そもそもこのベッドはウィベルの物です。私は居候《いそうろう》なのでソファをお借りできればそれで……」

「二人ともベッドで寝るのが妥協点になるだろう。なにが問題なんだ」

「大問題ですよ！　倫理的に！」

明日からいよいよ密偵としての役目に就《つ》くという前夜に、ベッドを挟んで大激論することになるとは……

「明日からに備えて、そろそろ寝たいだろう？　腹を括《くく》れ、セラ」

「うう……」

ウィベルを軽く睨《にら》み、渋々その要求を受け入れる旨《むね》を伝えた。

「でも、絶対に手を触れないでくださいよ！」

「わかった。手は――」

「手は、じゃなくて！　手以外ももちろんダメですよ！　絶対私に触らないでください」

「……チッ」

舌打ち!?

リグロ王国の王太子が、そんなお行儀の悪いことをするなんて信じられない。ずいぶんと砕けた姿に呆《あき》れつつも、触らないでという約束を呑んでくれたので、私も渋々だけど同じベッドで眠ることを受け入れた。

シーツで縫《ぬ》った夜着代わりの服を着て布団に潜《もぐ》り込むと、ウィベルも布団に入り、当然のように手を繋《つな》ごうしてきて、驚いた私はベッドから転がり落ちる。

「て、手を握《にぎ》らないでください！」

「このくらい、触ったうちに入らないだろう」

私がふたたびベッドに入ると、枕の代わりに彼の腕が置かれていた。

「腕、よけてください」

「枕だ」

「明らかに腕ですよ、これ！」

私がキツめに言うと、渋々手をどかしてくれたけれど、体を横たえた途端またしても手を握《にぎ》り込んできた。眠気も限界で、もう手ぐらいなら諦《あきら》めようと黙っていたら、仰向《あおむ》けだったウィベルは体を横にし、その拍子《ひょうし》に私のお腹を抱えてくる。

「あ……あのですねっ！」

「こうしていると気持ちがいいな」

艶《つや》のある声でささやかれると、体の奥のほうがぞくぞくとして落ち着かなくなる。でも、これはお互いのためによくないことだ。

ベッドから飛び下りた私は裁縫《さいほう》道具を持ち出して、シーツと掛布団を重ね、それらの真ん中あたりを縦に縫《ぬ》いつけた。ウィベルが私のほうに入ってこられないよう、境界線を作ったのだ。このベッドは大変広いので、寝るにはまったく問題ない。

「なんだこれは」

ウィベルはしかめっ面《つら》を見せたが、私は悠々《ゆうゆう》と自分の側の布団に潜《もぐ》り直す。

「実力行使です。しつけ糸で留めさせていただきました」

簡単に縫《ぬ》っただけだが、これでちょっかいを出されることはないだろう。そう思って安心したら、目を閉じるなりあっという間に眠ってしまった。

＊　＊　＊

「おはよう」

目を開けると、すぐ前にウィベルの顔が――

「ぎゃっ！」

「いい目覚めだな」

「たった今、最悪な目覚めに変わりました」

いつからそうしていたのかわからないけれど、私の寝顔を見ていたようだ。乙女に対してなんという無遠慮《ぶえんりょ》さだろう。

「まあ、そう怒るな。かわいかったぞ」

クスクスと忍び笑いを漏《も》らすウィベルのうしろには、朝日がキラキラと輝いている。その光景を見たら、私はムッとしていたはずなのに見惚れてしまった。そんな自分に腹が立つ。

――一体自分は、この王子様をどう思っているのだろう。

好きなのか、嫌いなのか。自分でもよくわからない。とはいえ、好きになっていい相手でないことは確かだ。同じ王族とはいえ国の規模が桁違《けたちが》いである。それなのに、ウィベルと呼べと命令してきたりして、あちらから心の垣根をバッサバッサと倒してこちらに踏み込んでくるので、距離感が難しい。

いっそ嫌いになれたらいいのに。

でも、でも、でも――

「……セラ？」

じっとウィベルを見続けながら考えに耽《ふけ》っていた私は、掌《てのひら》を目の前でひらひらされて我に返った。

そんな自分を誤魔化《ごまか》そうと、私は彼に背を向けてベッドから下りる。窓辺に立ってカーテンを開き、窓を開けると、さぁっと心地いい風が私の髪を躍《おど》らせた。

「すごくいい天気ですね！」

肌を撫《な》でる風の優しさと、降り注《そそ》ぐ日差しの眩《まぶ》しさに目を細め、うしろを振り返る。その途端、ウィベルはサッと顔を逸《そ》らして「普段と変わりないように見える」とそっけなく言い捨て、着替えるために衣装部屋に行った。その頬が赤い気がしたけど、気のせいかな？

不思議に思いながらも、私はふたたび窓の外を眺《なが》めることにした。

「セラも着替えてこい」

しばらくして、衣装部屋からウィベルが戻ってきた。この王子様は、祭典などがない限り自分ですべて支度《したく》をこなし、部屋付きの侍従など置いていないらしい。

そのことは、今、居候《いそうろう》をしている私にとって好都合だけど、不便じゃないのかな。

そんなことを考えながらウィベルを見ていると、少しだけ襟《えり》のうしろが折れていた。さりげなくうしろにまわって襟元《えりもと》など整えてあげる。するとウィベルは一瞬体を硬くし、すぐに「ありがとう」と礼を言ってくれた。

「はい、私も着替えてきます」

ウィベルと入れ替わりに、私も衣装部屋に入る。ここに私の服も置いてあるのだ。

着替え終わり衣装部屋を出てから、寝室の掛布団に施《ほどこ》した境の縫《ぬ》い糸を抜いた。ざっくり縫《ぬ》っただけなので、元通りにするのは一瞬だ。

糸の始末を終えて居間へ行くと、すでに朝食が用意されていた。それを二人で分け合い、さて今日の予定はとお茶を飲みながら話す。

「俺はまず急ぎの用件を片付けて、昼頃にモングリートを政務室に呼ぶ。……と、これはセラと鉢《はち》合《あ》わせるのを防ぐための口実だ」

「じゃあ、その隙に私は夫人に接触を図《はか》ればいいですか？」

「そうだ。でも……いいか、決して無理はするなよ。あと、もうしばらくしたらコウロがまた御用聞きにこの部屋に来る。なにかほしいものがあったら言っておけ。だが長話はしないように」

カップを置き、ウィベルはもう一度念を押すように「ベルエについて、深入りは絶対にしないこと！」と言って、朝議に向かった。

ともかく、私も準備をしよう。

いつも、食事を終えてウィベルが部屋を出ると、すぐさま片付けや掃除が入るので、私は自《みず》らの痕跡を消してから、今日は隠し部屋へと入る。寝室の暖炉《だんろ》の脇に、一見するとよくわからないレンガの引っ掛かりがあり、そこに指を入れて手前に引くと、扉が現れるのだ。

ぎし、ぎし、と軋《きし》む音を立てながら、重い扉が開く。その中に体を滑《すべ》り込ませ、中にある取っ手を持ってふたたび重い扉を閉める。

この場所は、私の腕が伸ばせる程度しか広さがないけれど、ちゃんと明かり取りの小窓があり、すうっと風が通り抜けるので、息が苦しくなることはない。

しばらくすると、奥の部屋から人の気配を感じた。侍女の話し声と食器をワゴンに載せる音が聞こえ、それほど間を置かず、すぐに出ていったようだ。

それを聞き届けて、ようやく緊張の糸を緩め、隠し部屋から出る。

――ええと。今日はまず、この部屋でコウロに会う。その後、昼にはウィベルがモングリート侯爵を呼び出してくれることになっているので、その間にベルエに会いにいこう。

でもまだ、コウロが来るまで時間がある。今からちょっと、モングリート侯爵の私室の様子を見に行ってみようかな。なにごとも、下調べは肝心《かんじん》。

服の裾《すそ》の皺《しわ》をサッと払い、気を引き締めて窓枠に手を掛ける。ひやりと冷たい取っ手に指をかけ手前に引くと、一気に外の空気が部屋へと流れ込んできた。北風は、どこか故郷の香りがする。

私は、前と同じく窓から身を乗り出し、壁伝いにゆっくりと這《は》い出す。ひゅ、と切り裂くような風が私の衣服を弄《もてあそ》んだ。しかしその風くらいでは私の体は揺るがない。前に一度通った道なので、特に問題なくウィベルの部屋から地面へと降りることができた。

「さて、と……」

ベルエに会うのは、しばらくぶりである。使いを介さず、突然部屋を訪れることについて、どう言い訳しようかと考えながら、ゆっくりと歩き出した。

とりあえず……ベルエは、夫のことをよく思っていないようだ。この間、誘惑下着の販売会をした時、モングリート侯爵が入ってきたら、入れ違いでどこかに行ってしまった。まるで、同じ空間にいるのも嫌、と強く拒絶するみたいに。

私はそんなことを考えながら、朝の忙《せわ》しない雰囲気の回廊の端を、静かに歩く。警戒されない程度にこっそり観察すると、侍女も衛兵も以前と比べて、どこかピリピリしていた。通り過ぎる人々の表情は一様《いちよう》に険しく、歩く速度も速く感じた。なにかあったのか、あとでウィベルに聞いてみようと心に刻む。

ほどなく、モングリート侯爵家に充《あ》てられた私室の扉前に辿《たど》り着いた。

……今日は、見張りがいないようね。

それでも私は慎重《しんちょう》に周囲を窺《うかが》った。しかし見張りはおろか、本来であれば扉の内側に控えているはずの侍女の気配すらない。これは一体どういうことだろうか。

危険と取るべきか、好機と取るべきか……

私は、ごくりと喉を鳴らし、もう一度周囲を窺《うかが》ってから扉に手を掛けた。ゆっくりと扉の取っ手を捻《ひね》ると、鍵はかかっていない。私はわずかに開いた隙間へ滑《すべ》り込む。

室内は、しん、と静まり返っている。いないのなら出直そうと一旦《いったん》は出口に足を向けたけれど、少し考えて部屋の探索《たんさく》をしようと思い直した。

……これは、無茶じゃないよね？

ウィベルから念押しされていたけれど、誰もいないのだから襲われる恐れはなく、だからこれは無茶ではない。

そう判断を下した私は、室内の怪しそうな箇所に目をつけ、ゆっくりと近付く。

城内の部屋の間取りは基本的にどこも変わらないようで、入ってすぐに侍女などの待機室、そして居間、奥に寝室がある。規模の大小はあるけれど、モングリート侯爵のこの私室はウィベルの部屋とそれほど変わらない。

慎重《しんちょう》に足音を忍ばせ、趣味の悪い居間の奥に進み、以前も入った寝室に入る。

重要書類を隠すのなら、寝室か衣装部屋よね。

ウィベルの部屋で、何度も身を隠してきた私だからこそ、定番の隠し場所など把握《はあく》できているのだ。

「う、わぁ……」

思わず言葉が零《こぼ》れたのは、寝室の真ん中にあるベッドの上を見たからだ。

上掛けはずり落ち、複数ある枕は散乱し、シーツは乱れ、いかにも何事かありました、という状態で置かれている。

他人の情事の跡なんて、見たくもないんですけど！

散らかった室内には、先日私が売った誘惑下着もある。

……あーあー。あのレースを編むのは手間がかかっているのに。丁寧に縫《ぬ》い付けたはずの小さな宝石も取れてしまっているし……もったいない。

なかば呆《あき》れながら、私が売った誘惑下着の末路を眺《なが》め、溜息を零《こぼ》した。

大事に使ってほしかったな。

……と、今は感傷《かんしょう》に浸《ひた》っている場合じゃないわ。がっかりするのはあとよ。

せっかく部屋の主《あるじ》が不在なんだし、この隙に色々探ろう。

引き出し、戸棚、ベッドの下。それからカーテンや椅子の裏などあちこち見てみるものの、有力な情報は見つからない。

あるのは、書きかけの手紙や、リグロの詳細な地図。それと——

その時、ぎ、という小さな音を耳が拾う。

そして、足音……えっ、誰か来た⁉

私は慌ててあたりを素早く見まわす。部屋から出るには元来た道だけど、今行ったら鉢合《はちあ》わせしてしまうのは確実だ。かといって窓から出るにも、足音が目前に迫った今からでは逃げおおせない。

どうする、どうする——

足音は二つで、今にも寝室の扉が開かれようとしている。

ベッドの下？　カーテンの裏？　……どちらも長くいたらバレてしまいそうだ。

そこで、ふと寝室の一角にある暖炉《だんろ》が目に入った。

——あっ！

私は暖炉《だんろ》に駆《か》け寄り、無我夢中である場所に手を伸ばす。すると、一瞬でくるりと壁の中に体が取り込まれた。

よかった……と、私は安堵《あんど》の溜息を零《こぼ》す。

この部屋の造りはウィベルの部屋とそう変わらない……ということは、隠し部屋も同じ場所にあるのでは、とひらめいたのだ。

どこか埃《ほこり》っぽいのは、モングリート侯爵夫妻が、この隠し部屋の存在を知らないからかもしれない。

そんなことを考えていたら、室内に誰かが入ってきたのでハッと顔を上げる。

「ふふ、贅沢《ぜいたく》なおねだりね」

この声は、ベルエだ！

上機嫌なその声は、隠し部屋にいる私にはっきりと聞こえた。壁が閉ざされているはずなのに、随分《ずいぶん》声がよく聞こえるな、と思ったら、ある一ヶ所から細く光が差し込んでいた。あそこから部屋の様子を窺《うかが》えるかも。息を殺して身を屈め、その隙間を覗《のぞ》き込むと、ベッドに腰掛けるベルエの横顔が見えた。

あれ？　ちょっと待って。足音はもう一人分あったはず。

細い隙間に顔を押し付けてさらに室内を見まわすと、部屋の隅に立つ男の姿が見えた。あれは……モングリート侯爵ではない。丸々と肥《こ》えた侯爵とは真逆の、痩《や》せぎすの若い男だった。なかなかに美しい顔立ちをしていたが、どこか暗さを感じる。妙な妖《あや》しさがあって、私だったら絶対お近付きになりたくない手合いだ。

この男は一体誰だろう。

「意地悪しないで。僕のお願い、聞いてくれないの？」

含み笑いを漏《も》らしながら、その男はベルエに妖《あや》しい笑みを向ける。それから部屋の隅に置かれた小さなテーブルの上に、持ってきたらしい香炉《こうろ》を載せた。そして、懐《ふところ》から紙に包まれた丸薬《がんやく》のようなものを取り出し、ぽと、ぽと、と香炉《こうろ》の中に落とす。

すると、細く白い煙がまっすぐに上《のぼ》っていった。

「ねぇ……そんなことより、私といいことしましょうよ」

「君の大事な旦那様に内緒で？」

「意地悪ね。あんなろくでなしのことを旦那様と呼ぶなんて寒気がするわ。それに今は公務にあたっているから、しばらくは戻らないのよ。だからしばらく留守……ね、いいじゃない」

「ワガママな方だ。でも、あれを返すって約束してくれるなら、いいよ」

「あら、あれがそんなに必要？　……ああっ、ん……っ」

「ふふっ、それほど大した内容じゃないよ……でも、僕がほしいんだ。いい？」

「あっ……ん……、い、いいわ……約束す……る」

会話の合間に、男はベルエの体を撫《な》でまわす。ベルエは、とろんとした目で笑い、ベッドに腰掛けたままゆっくりとドレスをたくし上げる。それから靴が、こと、こと、と音を立てて落ちた。

嫌な予感がする。

私がここにいるなんてことは、ベルエもその愛人も知らない。

どうやら誘惑下着を身に着けて、今からコトに及ぼうという流れらしい。

ベルエは先日、結構な枚数の下着をお買い上げになったので、もしかしたら使い捨て感覚であちこちに放り出しているのかもしれない。

お金はきちんといただいているし、私がとやかく言える立場ではないけど、大事に使ってほしかったなと思いつつ、壁の隙間から目が離せないでいた。

この先、目の前で繰り広げられるであろう淫《みだ》らな行為に平静でいられる自信がない。でも、行為が終わるまでこの隠し部屋から出ていけないし、逃げ出したくてもできないのだ。

「うふふ、やだぁ……くすぐったいわ」

色気が混じる声は、私の耳にまっすぐに飛び込んでくる。

私の瞳は二人の動きに釘付《くぎづ》けで、耳ははっきりと会話を拾い上げていく。

男は床に膝《ひざ》を着き、大きく足を開いて座るベルエの中心に顔を埋めた。

ベルエは、はぁっ、と短く息を吐いたあと、ねだるように腰を揺らす。

「あ……いいわ、そこ……ん……ふぅ」

くちゅ、ぴちゃ、と水音が立ち、私の体はじんわりと熱くなってきた。

自分の体を抱きしめようと腕に手を置いたら、ぞわぞわっと肌が粟立《あわだ》ち、頭の中にじわっと霞《かすみ》がかかる。人のこのような場面に遭遇《そうぐう》したのは初めてで、目を逸《そ》らしたくても逸《そ》らせない。

そうして思い出すのは、ウィベルから執拗《しつよう》に舌を使って嬲《なぶ》られたあの行為。あの時の感覚は、忘れたくても忘れられない。

キスをされ、舌を絡められ、唇を肌に這《は》わされ、陰部に直接触れられ、最も敏感《びんかん》な箇所を転がされ。

思い出すごとに、次々と体のその部分が熱を持ち、いまや体中じんじんとして辛い。ふわふわした感覚が思考を妨《さまた》げ、でも下腹部が疼《うず》いて苦しくなる。

いよいよ我慢できなくて、目をぎゅっと閉じてその場に腰を下ろし、背中を壁に預けた。

しかし視界を閉ざすとかえって音に敏感《びんかん》になり、衣擦《きぬず》れの音まで拾ってしまう。

……私の体、どうなってしまったのだろう。

声が出ないように必死で下唇を噛《か》み、体を縮《ちぢ》めて疼《うず》きに耐えるけれど、私はどんどん追いつめられていく。

やがて壁の向こうからは、肉のぶつかる音と荒い息遣いが響き——

心臓が、ばくん、ばくん、と激しく鼓動し、自分が一体どういう状態なのかわからない。

ウィベル、助けて……ウィベル……！

私は、次第に気が遠くなっていった。

＊　＊　＊

永遠に続くかと思った苦しみの時間は、気付けば終わっていた。寝室はもう静けさを取り戻している。

……どうやら気を失っていたようだ。深い呼吸をくり返し、私はゆっくりと体を起こした。

「う……」

体中に重りを付けられたかのように、指を動かすのも億劫《おっくう》で仕方がない。思わず漏《も》れ出た声に慌て、壁の隙間から寝室内を覗《のぞ》いてみたところ、そこにはもう誰もいなかった。

私が気を失っている間に、あの二人はコトを終え、部屋を出ていったらしい。

頭がズキズキして痛い。けれど、とにかくこの隙に部屋を脱出しなければ……

慎重《しんちょう》に隠し部屋から抜け出し、元の通りに戻してゆっくりと歩き出す。寝室からふらつきながらも一歩一歩足を前に進めると、あちこちに散らばった服やくしゃくしゃのシーツがあり、あの二人の情事を物語っていた。そうして歩いていった先の文机《ふづくえ》の引き出しから、一枚の紙が不自然にはみ出しているのが目についた。妙に気になって、重い体を引きずりながら近付くと、そこには……名前がずらりと並んでいる。

なにかしら……これって、名簿……？

私がそれを元の場所に戻そうとした瞬間——カタン、と音がして、思わず手に持っていた物を懐《ふところ》にしまい、そのままカーテンの陰に隠れた。誰か入ってくる、と身構えたけれど、奥の部屋の窓が、風のいたずらで揺れただけのようだ。

——早いところ、ここから退散しよう。ふらつく足になんとか力を入れ、モングリート侯爵の私室を出てウィベルの部屋を目指す。あそこなら安全だ。

私はいつの間にか、ウィベルの部屋を戻る場所、安心できる場所と考えるようになっていた。来たときと同じく、衛兵がいなくて幸いだ。お陰で誰にも会わずにウィベルの部屋の近くまで辿《たど》り着くことができた。出てきた時と同じように、窓から忍び込めば怪しまれることはないだろうが、今は足がふらついてできそうにない。この状態では正面から入るしかなさそうだ。

部屋の前にいる衛兵には、王子から直々に用事を受けている、と言い、なんとか入れてもらえないだろうか。以前もそうして入室しているから、不審《ふしん》に思われない……と願いたい。

意を決して、ウィベルの部屋の前に立つ。

「失礼します。ウィベルダッド王子の命《めい》により、衣服の補修に参りました」

衛兵は二人。扉の両脇にどっしりと構え、射抜くように私を見下ろしてくる。緊張で、ごくりと小さく喉が鳴った。

「補修？　聞いていないな」

「先ほど、通りがかりに受けましたので……祭典に使う衣装の補修です」

私の言葉に、衛兵は顔を見合わせ、首を捻《ひね》っている。どう考えてもこれ、怪しまれているよね？

どうしよう、出直すべきか。

すぐに終わる、など食い下がってみるけれど、入れてもらえそうな気配はない。

どうしよう……！

すでに私の体は足に力が入らないだけでなく、ちょっとでも気を抜くと白目を剥《む》いて昏倒《こんとう》しそうだ。

次の一手をどうしようか。頭の中で目まぐるしく考えていたら、ウィベルの部屋の扉がバーン！と割れんばかりの大きな音を立てて開いた。

「妹ちゃん！」

中から飛び出してきたのは、コウロだった。私の姿を見つけるなり、ぎゅうっと力いっぱい抱きしめてくる。

そういえば、朝ウィベルが部屋を出る前に、『コウロが来る』と言っていたな……と、今さらながらに思い出す。心配かけちゃったな、と謝るために口を開いた途端、悲鳴《ひめい》が喉から飛び出してしまった。

「きゃ、……ぐっ！」

慌てて自分の口を塞《ふさ》ぎ、コウロを押しのけてその場に屈む。そして、これ以上私に触らないでほしいと身振りで伝える。

コウロに抱きしめられたら、治まっていたはずの体の疼《うず》きが蘇《よみがえ》った。

「ど、どうしたの、どうしたの妹ちゃん！」

「やっ！　触らな……い、で……っ、と……にかく……ここ、じゃ……！」

「わかった。歩ける？」

「ん……く……っ」

両掌《りょうてのひら》を広げたり閉じたりを繰り返してはおたおたとするコウロをよそに、私は歯を食いしばりながら部屋へ入っていく。コウロが衛兵に「俺の妹分で身元は保証するし、王子の言いつけも聞いているから問題ない」と話を付けてくれ、入室を許可された。

扉が閉まったのを確認してから、私は床に崩れ落ち、冷たい床に体を横たえた。いまだに呼吸は乱れ、上がる熱に涙が滲《にじ》んだ。

「妹ちゃん、妹ちゃん、どうしたの？　熱？　病気？」

矢継《やつ》ぎ早《ばや》に質問してくるコウロに答えたくても、私にそんな余裕はなかった。でも、一つだけ——

「ヴェ……ル……」

「妹ちゃん？」

「呼ん……で……」

「……！　わかった、待ってて！」

弾かれたように立ち上がったコウロは、一目散《いちもくさん》に駆《か》け出した。

……多分、だけど、この不調の原因は……わかっている。

原因はわかっているけれど、どうすればこの状況を脱することができるのかは、わからなかった。

とにかくウィベルなら私の望むことを叶えてくれるだろう。

早くきて……早く！

永遠にも似た、気の遠くなる時間が過ぎたころ、バン！　と壊れそうな音を立てて扉が開いた。

「セラ！」

その声を聞いた途端、私は稲妻に打たれたようにびくりと震《ふる》えた。

「セラ、セラ！　何があったんだ」

うずくまる私に、膝《ひざ》をついてウィベルは尋ねてくる。その腕を掴《つか》み、私は小さな声で懇願《こんがん》した。

「人払いを……それ、と……んっ……、く……べ、ベッドに連れてい……って……」

「わかった」

ウィベルはすぐさま私を抱きかかえると、傍で心配そうに見守っていたコウロに、あとは自分に任せてこの場は一時帰るよう言う。「えっ、なんで、どうして」とオロオロするコウロを追い出してから、ウィベルは大股歩きで寝室へ向かう。

私は、その歩く振動だけで意識が飛んでしまいそうになりながらも、必死にウィベルの胸元を握《にぎ》って耐えた。ようやくベッドに下ろされた時、堪《こら》えていた涙がぽろぽろと零《こぼ》れ落ちる。

「う……う、ん……」

苦痛で眉をぎゅっと寄せていたら、私の胸元を緩めようと手を伸ばしてきた。そのほうが楽になると考えての行動だったのだろう。私はその手を捕まえ、縋《すが》るように胸元へ寄せた。

「セラ、一体どうしたんだ。誰かになにかされたのか」

「ちが……うの……」

は、は、と短い呼吸の合間に、私はこうなるまでの経緯を話した。苦しさを我慢しながらなのでたどたどしく、聞きづらさもあったと思う。

私がモングリート侯爵家の私室に侵入し、ついもう少しと思って部屋の中を探っていた、と言ったところでウィベルは眉を吊り上げ、「またそんな危険なことを！」と怒り出した。けれど、謝る余裕もなくその後のベルエと愛人の情事のことまで、なんとか話し終える。

「無茶をするなと言っただろうが。……とにかく、セラが無事でよかった」

そう言ってウィベルは私の頭を撫《な》でてくれた。私は、ホッとしたせいか気持ちがだいぶ楽になった。けれど、体の不調は続いている。体の疼《うず》きが治まらず、どうにかなってしまいそうだ。

「ウィベル……お……願いが……あ、ありま……す」

意を決して、ウィベルと視線を合わせる。

「いいぞ、なんでも言ってみろ」

首をかしげながらも、表情を和《やわ》らげて私に先を促《うなが》すので、ごくりと喉を鳴らしてからようやく口にした。

「し……くだ……」

「ん？　なんだ」

「……て……さい」

「悪いが、もう少しはっきりと」

ウィベルは聞き取れないようだ。もう一度、腹に力を込めて口を開く。

「わた……、し……を、抱いて、くださ、い！」

言った！　とうとう口に出してしまった。

ベルエの痴態をあの部屋で目撃した時から、体が疼《うず》いて仕方がない。

思い当たる節は……おそらく香炉《こうろ》の煙だ。あれになんらかの催淫《さいいん》効果があったのではないか。

今、私が感じている、触れられるだけで脳天を突き刺すような刺激には……覚えがあった。

ウィベルに、三日前にされたこと。胸を、お尻を、陰部を直《じか》に触られ、舐《な》められた時にも、同様の感覚を味わったのだ。

この疼《うず》きを鎮《しず》めるには、どうしても——人の手が、必要だ。それも、ウィベルの……ウィベルじゃなければ、満たされない。

下腹の奥に埋め込まれた官能の熾火《おきび》は、あっという間に燃え上がる。

じんじんと重く響くように胸の先や秘所が痺《しび》れ、肌という肌がざわりと総毛立《そうけだ》ち、体が火照《ほて》って仕方がない。

「お願い、です……私は、あなたに抱い、て……鎮《しず》めてほし……っ！」

官能を高める煙を吸った私の体は、抱いてもらわなければ鎮《しず》まらない。必死にそう訴えると、ウィベルは困惑《こんわく》を隠せないようで後頭部をガリガリと掻《か》き、天井を見上げた。そして細く長い溜息を零《こぼ》してから、「することについて問題はないが」と前置きをした上で、はっきりと言う。

「後悔しないか」

ウィベルが、私を真正面から見据《みす》えた。

「後悔、しない！　ウィベル、ウィベル、お願い、私を……私を……！」

めちゃめちゃにして——！

さすがにその一言は口に出せなかったけれど、それがまさに本心だった。

「わかった」

そう言うが早いか、ウィベルは私の唇を自《みずか》らのそれで塞《ふさ》いだ。望んだこととはいえ、いきなりのキスに驚いた私は、びくりと体を震わせる。

ちゅ、ちゅ、と角度を変えて触れる唇は、柔《やわ》らかく、そして熱い。

唇の隙間をこじ開け、ぬちゅ、と粘ついた舌が入り込み、怯《おび》えて奥に引っ込めていた私の舌を絡め取った。

「んっ、んーっ！」

舌の先や横、そして裏まで舐《な》め上げられ、唇を窄《すぼ》めて吸われると、ぞくぞくと寒気のようななにかが体中を駆《か》け巡る。

でも、足りない、まだ足りない！

もっとほしいとばかりに、自分から積極的に舌の技巧に応《こた》える。

絡み合い、唾液を混ぜ合い、やがて溶け合っていくような感覚に陥《おちい》った。

「っ、は……ん、……ウィベル……ウィベル……！」

吐息すらも、すべて取り込みたい。それほどまでに私はウィベルを欲《ほっ》していた。

くちゅくちゅと深いキスをしながら、ウィベルの手は私の胸にかかる。

彼の太くてゴツゴツしている指が、私の服のボタンをすいすいと外していくと、あっという間に私の胸元がはだけてしまう。外気に晒《さら》された私の体は、急に冷たさを感じて震《ふる》えた。その拍子《ひょうし》に、あらわになった胸がふるりと揺れ、そこへ彼の掌《てのひら》が触れる。

「……っ、あんっ！」

筋張って硬い掌《てのひら》。ざらざらと粗い手の質感に、私の頭はじんじんと痺《しび》れた。彼の手は優しく円を描くように動いたり、上下にふるふると震わせるように動いたりする。乳房を弄《もてあそ》ばれるだけではもどかしく、私はもじもじと足を動かした。

「はやく……お願い……っ、早く……んっ……！」

下腹の奥が燃えるように熱く、疼《うず》きが止まらない。早くウィベルになんとかしてほしかった。

「ゆっくりと味わいたかったけどな」

と、残念そうに零《こぼ》しながら、それでも私の望む通り下腹部へ手を這《は》わせていく。

「……すごいな、ぐちゃぐちゃだ」

ウィベルが私の下着に手を掛けると、その薄い布には蜜がたっぷりと染み出していた。

両手を下着にかけ、するりと脱がされると、私の期待は最高潮に達する。

早く、早く。

早く奥を貫《つらぬ》いてほしい。

浅い呼吸を繰り返し、ぼろぼろと涙を零《こぼ》す私の顔は酷《ひど》いことになっているだろう。でも気にしている場合ではなく、体の奥がウィベルを欲《ほっ》していた。

しかしウィベルは、私が先を促《うなが》そうとも、じっくりと丹念にコトを進めていく。

「ウィベル……！」

「お前は初めてだろ、セラ。まずは体が受け入れられるよう準備をしてからだ」

こんな状況なのに焦《じ》らすなんて！

頭がくらくらする。もどかしさを目一杯詰め込んだ袋がいまにも弾けてしまいそうなほど、切羽《せっぱ》詰《つ》まっていた。

ウィベルは、私の足の付け根にそっと手を差し込む。蜜壺《みつつぼ》の周りにある柔《やわ》らかな襞をさわさわと撫《な》でる。それから武骨な指が、淫《みだ》らな蜜を湛《たた》える秘裂に滑《すべ》り込んだ。

くちゅ、と粘り気のある音が私の耳に飛び込んできて、一気に気持ちの袋が膨張《ぼうちょう》した。

「あっ！　ああっ、あ、あんっ、んっ！」

始めはくちゅくちゅと小さな音だったけど、次第にそれが大きくなっていく。

「すごいな……次々溢《あふ》れてくる」

「や……っ、言わ、ないで……っ！」

淫芽に触れられるたびにビクンと腰が跳ね、物足りなさに背中がしなる。

「一回達したほうが落ち着くか……？」

ウィベルはそう呟《つぶや》くと、片手で私の胸を揉《も》みしだきながら、反対の手でくにくにと淫芽を転がし始めた。私は激流に飛び込んだ枯葉のように翻弄《ほんろう》され、追い立てられていく。私は、思わずシーツを掴《つか》む。

すると、突然お臍《へそ》のあたりにウィベルの髪がふわりと触れ、彼のつむじが見えた。

「きゃっ……！　ん、あっ！　やっ、ああっ！」

驚いたのも束の間、足の付け根にぬるっとした熱いものが触れた。それはウィベルの舌で、私の秘裂に沿って上下し、じゅるじゅるとした粘液の音を立てて這《は》いまわる。

「やめ……ウィベル……んっ、あっ、あ、あ！」

「綺麗だよ、セラ。ここもこんなに硬くして……意地悪したくなるな」

ここ、と言いながら、王子は私の秘裂の先にある淫芽を舌でつつく。

「はぁ……あっ！　や……気持ち……いいっ！　やぁ……っ！　ウィベル……！」

普段なら決して口にすることのないはしたない言葉を、止めようにも止めらない。

あまりに強い刺激に涙が堪《こら》え切れず、ぼろぼろと流れ落ちていった。

「ん、んっ……んぅ……っ、あ！　あんっ、んっ！」

それでも口から漏《も》れるのは甘えるような鳴き声で、一体私はどうなってしまったのだろうかと混乱する。

ウィベルは、私の太腿《ふともも》の内側を押さえ、蜜壺《みつつぼ》に舌先を押し込んでは戻し、ぷくりと膨《ふく》らむ蕾《つぼみ》を舐《な》め転がす。花弁に吸い付かれ、襞に沿って舐《な》められ、じゅるじゅると粘ついた液体の音を立てられるたびに、体に痺《しび》れが走り、背がくねる。

居ても立っても居られないような、むずむずした感覚が腰の奥に広がっていった。

「あとからあとから溢《あふ》れてくる……セラ、もっとほしいか？」

「もっと……お願い、もっと……くださ……い」

気持ちが追いついていかないけれど、私の体はすっかり受け入れるばかりになっていた。ウィベルにねだると、しとどに濡れた膣口へ指が添えられた。粘着音を楽しむようにちゅぷちゅぷと軽く当てたり、ゆっくりと前後に動かしたり。そのたびに私は声を上げてしまう。

「んっ……んっ、ふ……あっ」

目をぎゅっと瞑《つむ》り、シーツを掴《つか》んで堪《こら》えるけれど、膝《ひざ》がガクガクと震《ふる》え、呼吸が浅くなる。

無意識のうちに爪先《つまさき》を高く上げ、足の指をキュウッと丸めていた。

あ……ダメ……！

と思った瞬間、ぱん、と堪えた気持ちが破裂した。

「あっ、ああ、ああーっ！」

びくん！　と一回大きく跳ね、そして、はっ、はっ、と浅い呼吸を繰り返す。目の前がチカチカと瞬いた。

「……っ、ん……、はっ……」

その後も、びくん、びくん、と体が小刻みに痙攣《けいれん》する。

自分の体がこんなふうになるのは初めての経験だけど、この強烈な感覚は……不快ではなく、むしろ……突き抜けた気持ちよさがある。そして、今、達したばかりなのに、もう一度同じ感覚を味わいたい、と強烈な欲望が湧いてきてしまった。

私が落ち着いてきたのを見届けると、ウィベルはふたたび私の下腹部の茂みへ手を伸ばした。そして、蜜が溢《あふ》れる秘穴へと指を沈める。

「あ！　そ、そこ……まだ……！　あっ！　や……んんっ！」

つぷつぷとゆっくり指が潜《もぐ》ってきた。指一本とはいえ尋常ではない圧迫感が伝わり、私は恐れ慄《おのの》いた。

シーツを手繰《たぐ》り、指が白くなるまで強く握《にぎ》りしめる。それを見たウィベルは、強張《こわば》る私の手をシーツから引き離し、自《みずか》らの首に掛けさせた。

「俺に掴《つか》まれ」

「で、でも……」

無意識に手に力が入ってしまうから、彼の首に手をまわしたら引っ掻《か》いてしまう可能性がある。それが怖くて躊躇《ためら》っていたら、私を安心させるように目元を和《やわ》らげた。

「我慢しなくていい。むしろ噛《か》んでもいいぞ」

噛《か》むなんてとんでもない！　と首を横に振ると、ウィベルはふわっと笑い、キスを落とした。

「きっとそうなる」

予言めいたことを言い、私の膣壁を擦《こす》るようにゆっくりと指を抜き挿しし始めた。指一本だけなのに、たったそれだけなのに、驚くほど私のナカは喜びに震《ふる》え、奥から淫《みだ》らな蜜を溢《あふ》れさせる。

「あ、ふ……っ、ん……んっ、あ……」

ウィベルはゆっくり丁寧に蜜壺《みつつぼ》を解《ほぐ》していく。彼の指は次第に馴染《なじ》み、知らぬ間にもう一本増やされてもちっとも痛くなかった。

体中が熱くて仕方がない。それどころか、指だけでは物足りないとさえ感じてしまって……

「そろそろいいかな」

そう言うとウィベルは指を引き抜き、手早く衣服を脱ぐと私の両膝《りょうひざ》を抱えた。大きく左右に足を広げられ、秘所がぱっくりと晒《さら》されてしまう。熱で浮かされたようにぼうっとなった私の頭も、さすがにこの瞬間サッと冷えた。

「や、見ちゃ、だめ……！」

手で隠そうとしても叶わない。しかも、顔を上げた拍子《ひょうし》に視線がウィベルの下腹部に行ってしまった。そこには、私の想像よりも大きい……とても大きくて赤黒い男性の象徴が、張りつめて天を向いている。

「……っ！」

思わず息を呑むと、ウィベルは私の頬に掌《てのひら》を置き、親指で優しく擦《こす》る。

「なるべく……痛みがないようにはするから」

そうはいっても、アレが私のソコに……？　む、無理でしょ!?

思わず、ずりずりと体を離そうとしたら、がっしりと太い腕に妨《さまた》げられた。

「こ、怖い……」

素直にそう漏《も》らすと、ウィベルは「やめるか？」と私の意思を確認した。

普段の私なら即決でやめるだろう。けれど媚煙を吸って体が疼《うず》いて仕方ない今、ここでやめるというのは耐えられない。彼にしてもらえないとなったら、自分で慰《なぐさ》めるほかないだろう。でも、自分ではやり方がよくわからないし……と、それほどまでに逼迫《ひっぱく》した状況だった。

それに、するならウィベルと一緒がいい。

私の初めてを、ウィベルにもらってほしい。

まっさらな体で嫁ぎ先に行くつもりでいたけど……ウィベルがほしい。彼のことを、体に刻みたい。

「やめないで……、ウィベル、お願い……」

そうささやき、彼の首筋に腕に縋《すが》りついた。それから口付けをねだると、まるで自分が彼に愛されていると勘違いしそうになるほど優しいキスをされ、胸が震《ふる》えた。

それから、すっかり解《ほぐ》れた蜜口に、ウィベルの先端がひたりと当たる。ぐっしょりと蜜液が絡みついた襞へ擦《こす》りつけるように上下させられると、淫芽までもが一緒に擦《こす》られる。私は「んぅっ！」と、唇を重ねたまま呻いた。

そして、ぐ、ぐ、とナカに押し込まれていく。

「……っ！　ん、あああっ！　痛っ！　やあっ！」

狭い膣道を無理矢理押し開く行為は、信じられないほど痛い。今すぐにでも逃げ出したいほど痛いけれど、そうしないのは……嬉しいから。

痛みより喜びが勝《まさ》る。初めて受け入れる相手がウィベルで……嬉しい。

しかし思わず指に力が入り、ウィベルの首を傷付けてしまいそうになった。

「セラ、耐えられるか?」

「う……う、ん……」

ウィベルを見ると、なにかを堪《こら》えるような苦しい表情をしている。眉は切なく寄せられていた。

「セラ」

「ん……」

ウィベルは私の唇を、舌先でトンと突《つつ》く。私はそれに応《こた》えるように唇を薄く開く。すると、ウィベルの舌が口内に入り込んできた。

ざらつく舌が私の舌を捕らえて、ぴちゃぴちゃといやらしい音を立てる。私からも、夢中になって舌を絡ませ返す。だんだん息が苦しくなって、ぼうっとしてきた瞬間、彼のものを半分くらいまでぐうっと押し込まれた。

「～～～っ‼」

喉が引き攣《つ》る。

目をぎゅっと閉じ、歯を食いしばってなんとか痛みに耐える。今まで経験したことのない強烈な痛みだ。

じり、じり、と徐々に侵攻していく剛直は、私の心の中にも彼の存在を植え付ける。体だけでなく、心まで彼にすべて奪われてしまいそう……でも奪ってほしいと思ってしまって……

私は無意識のうちに、指に力を入れ、彼の首を思い切り引っ掻《か》いてしまった。だけど、傷付けられた本人はいたって涼しい顔して、さらに私の心配までしてくれる。

「痛むか？　辛いならもう……」

私を気遣い、いつやめてもいい、と言ってくれた。そんなウィベルの優しさに安堵《あんど》する。

しかし彼の表情を盗み見ると、堪えるように眉根をぐっと寄せていた。その表情を見ていたら、この人のためなら頑張ろう、と不思議な気持ちが湧き上がった。

堪《こら》えて見せる、彼のためなら……！

「大丈夫……大丈夫、だから……！　ウィベル、ウィベル！」

ふたたび溢《あふ》れ出した涙はぽろぽろと零《こぼ》れ落ち、シーツを濡らしていく。見下ろしながら決意を受け取ったウィベルは、私の膝《ひざ》を抱え直した。

「あと……少し、だから」

ウィベルは私の頭を撫《な》でながら唇を重ね、腰を押し付けるようにして一気に貫《つらぬ》く。

「――っ！」

喉の奥が絞られ、体中がカッと熱くなる。目がかすんで、一瞬息が止まった。

「セラ……」

唇を重ねたまま私の名を呼ぶウィベルは、つい一瞬前よりも、もっと美しく……もっと男らしく見えた。思わずどきりと心臓が高鳴る。

私の頭の中は、ウィベルのことしか考えられない。身も心も彼で一杯になっていく。

「セラ、全部入った」

「ほ……んと……？」

そして、私の最奥に当たる彼の先端が、膣壁の上辺を緩く擦《こす》った次の瞬間——

「きゃあっ！」

私は、なんの前触れもなく達してしまった。目の前にチカチカと光が瞬《また》いたかと思うと、びくん、びくん、と体中が大きく痙攣《けいれん》し、息を吸えないほどの衝撃が襲い続けている。

「……っ、く……、ふ……」

「大丈夫か、セラ」

様子を窺《うかが》うウィベルは、動きを止めて私が落ち着くまで待っていてくれた。私は、細く息を吐き出して呼吸を落ち着かせようと努力する。彼の首根に手をまわしたまま、力を入れすぎて強張《こわば》った指を緩めると、そこには爪痕が残されていた。

「あ……」

しばらく痕が残るだろう。私が「ご……ごめんなさい」と消え入りそうな声で謝ると、ウィベルは笑った。

「噛《か》んでもいいと言っただろ？」

きっとそうなる、と言われたのをここにきて思い出す。

「ごめんなさい……その……」

そんなつもりはない、と続けようとしたら、ウィベルは首を横に振った。

「慣らし足りなかったからだ……悪い。でも、もうちょっと堪《こら》えてくれるか。今度こそ俺の腕でも首でも、噛《か》んでいいから」

私のナカに収まったままの剛直は、まだ硬く張りつめている。男の人は吐精できないと苦しい……というのを姉様たちから聞いたことがある。大変なことをお願いしたウィベルに、楽になってほしい。

それに私も、まだあの場所が疼《うず》いている。催淫《さいいん》効果はいつまで持続するのかわからないけれど、なんだかだんだん痛みよりも快感の方が大きくなってきてしまった気がする。私は意を決して、ウィベルの背に手をまわした。

「ん……、だいじょう……ぶ、だよ……ウィベル、もっと……して？」

「セラ……」

ウィベルのそれが、ぐ、とより質量が増した気がする。ゆっくり腰を引かれると、私の喉の奥がきゅうっと鳴った。蜜壺《みつつぼ》にぎちぎちに収められたそれを動かされても、奥から溢《あふ》れ出す淫液によって、痛みを感じなくなってきた。ウィベルは彼自身を入り口傍まで引いて一旦《いったん》静止すると、そこからまた奥へ挿入する。

「あっ、ん、んっ、ああっ、んあっ」

じゅぷ、じゅぷ、と湿り気の多い音を立てながら、徐々に腰の動きが加速していく。そのたびに喘ぎ声を上げてしまい、そんな自分が堪《たま》らなく恥ずかしい。

唇を噛《か》んで声を押し殺そうとしたら、ウィベルに指で止められた。

「声、我慢するな。俺に聞かせろ」

情欲的な目で見つめられ、腰が痺《しび》れる。

彼の指は、唇から鎖骨《さこつ》へと下りていき、胸元に提げているペンダントに触れた。それから彼は、私の耳の傍でふうっと熱い息を吐く。

「俺のものという所有の証《あかし》……」

——え、それはどういう……？

ウィベルの言葉の意味を理解する間もなく、追い立てられていく。問おうとした私の開いた口から零《こぼ》れたのは嬌声《きょうせい》だった。ウィベルは、身を屈めて上機嫌で私を抱きしめる。

「セラのナカ、熱くて気持ちがいいな……ずっとこのままでいたい」

掠《かす》れた声でそうささやかれて、頭が煮えてしまいそうだ。私は、どんどん絶頂へと押し上げられていく。

「やっ、ん、あっ、あっ、ああっ、あっ……もっと、もっと、強く……！」

律動《りつどう》はより速くなり、揺さぶられるたびに体が甘く痺《しび》れ、無意識に腰が揺れ始めた。お互いの呼吸が、体温が、溶けて混じり合い一つになる。

「……っ、く……セラ……！」

「あ、ああ、ん、あっ、ウィベル……！　あああっ！　や、あ、あああっあっ!!」

ぱんぱんと肉の当たる音が大きくなり、肉壁が強く擦《こす》られ、高みへ追い上げられていく。ウィベルが抽挿を速めたので、私は必死にその背中にしがみついた。

そして、どくっ、となにかが私のナカに吐き出される。

——その次の瞬間、私は気持ちも体も限界を迎え、意識を失ってしまった。

＊　＊　＊

ふ、と鼻をくすぐる香りに気付いた私は、重い瞼《まぶた》を開く。ぼんやりした頭のまま、今の状況を把《は》握《あく》しようとゆっくりあたりの様子を窺《うかが》った。

ここは——もうすっかり見慣れたウィベルの寝室だ。そして誰もいない。

すっかり自分の肌に馴染《なじ》んだ寝具が心地よくて、私はふたたび眠りの世界に旅立ってしまいそうになる。

その時、ドン、ドン、と扉が叩かれる音が遠くから聞こえた。

おそらく部屋の外から扉を叩いているようだけど、一番奥まった場所にある寝室まで音が届くということは、随分《ずいぶん》強く叩いているのだろう。慌てて飛び起きて暖炉《だんろ》横の隠し扉に入ろうとする。しかし、焦《あせ》ってうまくいかない。

内心ヒヤヒヤしながらようやく隠し扉を開いたところで、よく知っている声を耳が拾った。

親しげに言葉を交わす二人の男性の声が居間から聞こえる。内容はよくわからないけれど、この声はウィベルとコウロだ。

それなら、隠し部屋に入る必要はないわ。

私は隠し部屋の扉から手を離しながら、はたと自分の状況に気付く。

「きゃああっ！」

すると次の瞬間、扉が開き、人が飛び込んできた。私は反射的に、すぐ近くにあった置物を手に持ち、全力で投げつける。

……しまった！

入ってきたのはウィベルだった。突然自分に投げつけられたものを軽々と受け取って、私の顔を見た。彼がすぐ近くにいる、とわかっていたのに、うっかりやらかしてしまった。ウィベルが置物を掴《つか》んでくれたので大事にならなかったが……

こわごわと彼を見ると、すました表情で私に歩み寄り、元の場所に置物を戻す。

あのような速度で飛んできたものを、容易《たやす》く手で捕らえられるとはさすがウィベルダッド王子。

ともあれ、一歩間違えれば大惨事《だいさんじ》だ。

「ごめんなさい！」

しゅんと肩を落として謝ると、ウィベルは優しく私を抱き寄せて、頭を撫《な》でてくれた。

「いや、伺いも立てず入った俺が悪い」

伺いもなにも、ここはウィベルの部屋だ。

「悲鳴《ひめい》を上げるから、何事かと思って」

「あっ……」

そうだった。そもそも私、全裸なことに驚いて……！

抱き寄せられたままお尻をまさぐられて、ぞわぞわっと鳥肌が立つ。

「なに、やって、るんです、かっ！」

体を離したくて手で胸板を押そうと思ったのに、ますます密着されてしまった。お尻に置かれた手が、徐々に妖《あや》しく動き出す。

そうだった……私、さっきウィベルとあんなことを！　……って、あれ？　さっき？

あれから、どのくらいの時間が経ったのだろう。媚煙の効果は、もうあまり感じない。それでも、少しでも触れられると、また体がじんじんして……

胸の先端はつんと尖り、秘所が疼《うず》きだす。

しかも今気付いたけれど、私のお臍《へそ》のあたりに……なにか硬いものが当たっている。まさかウィベル、今からもう一度しようとか……思ってない……よね？

私が内心慌てていると、寝室の扉を打つ音が響き渡り、私とウィベルはハッと顔を見合わせた。

「妹ちゃ～ん、心配したんだよぉ！　いるんだろ～？　顔見せてくれよ～～」

今にも泣きそうなコウロの声が、扉の向こうから聞こえてくる。ウィベルは、王族らしくなく「チッ」と舌打ちをして不埒《ふらち》な手を止めた。

「コウロ、少し居間で待っていてくれ」

私を抱きしめたままウィベルが答えた。けれどコウロは、それでは不満そうにまた扉をドンドンと繰り返し叩いた。

「僕だって、妹ちゃんを心配する権利はあると思うんだ！　早く顔を見せて安心させてよ」

ウィベルはさも残念そうに深く溜息をつくと、私の頭をポンポンと撫《な》でてから「奥で着替えろ」と衣装部屋を指さす。私が衣装部屋に入ると、ウィベルは寝室から出ていき、「しつこいぞ！」などとコウロに対して怒る声が聞こえてきた。

せっかくの甘い空気を台無しにされたことに苛立《いらだ》ち、コウロを責めているというのは、なかなか見事な八つ当たりだ。しかし冷静になってみると、あの場面で止めてくれたのは私にとっても、そしてウィベルにとっても切り上げるのにちょうどよかった。

……というか、私はどのくらい寝ていたのかな。

あの時はまだ昼前だった。それなのに、窓から見える陽の高さから察するに、今は朝のような気がする。ウィベルに確かめなくては……

着替えを手早く済ませて居間に向かうと、そこにはソファを挟んで、二人の睨《にら》み合いが続いていた。あまりにギスギスした様子に、慌てて割って入る。

「ちょ、ちょっとウィベルもコウロも落ち着いてよ！」

するとコウロは、吊り上げた眉をへにゃんと落とし、だって！　とウィベルを指さした。

「あんまりだよ！　僕を追い出した日、あのあと何度来ても追い返されたし、今日だって無理矢理ここまで来たのに部屋に入れてくれなかったんだから！」

どうやらウィベルは、コウロをずっと門前払いしていたようだ。

「だいたい、ウィベルってばひどいよ。僕が妹ちゃんを助けたその日に、商品の大量注文をいきなりしてきてさ。その対応に追われて僕は連日店に出ずっぱりだったんだよ！　お陰で二日も妹ちゃんの様子を見にこられなかったし。これって悪意あるよね？」

二日来れなかった？

ちょっと待って……

腰の力が抜けて、すとん、とソファに座り込む。すると隣に座るウィベルが「セラは寝込んでいたから仕方ないだろう」と、そっぽを向いて機嫌悪そうに言った。

三日前に香炉《こうろ》の煙を吸い、そこからずっと私は寝ていた……ということなの⁉

まさか、と思ってウィベルに目で問いかけると、若干《じゃっかん》気まずそうに「あれから二昼夜セラは目を覚まさなかった」と零《こぼ》す。

「ウィベルに頼まれたのは保存食が主でさ。あとは薬とか武具とか——うちだけですべてを揃えきれなくて、商会の組合総動員で手配した……なあウィベル、お前まさか……」

剣呑《けんのん》な表情を浮かべながらコウロがそう言うと、ウィベルはただ静かに頷《うなず》いた。それを見てコウロは、居住まいを正す。

「わかった。そういうことなら、全力で協力しよう」

なにに、と口を挟める雰囲気はなく、私は黙ってそれを聞く。

ウィベルはソファから立ち上がると、ゆっくり窓辺に近寄り遠くの街並みを見下ろす。その姿を視線で追うと、その背中には、為政者のとしての威厳《いげん》があった。

じっと背中を見つめていたらウィベルがふっとこちらを振り向き、私は心臓が跳ね上がってしまう。その動揺を誤魔化《ごまか》そうと、視線を外してテーブルに置かれた水差しを手に取り、コップになみなみと水を注《そそ》ぎ入れていく。

「セラ……俺はしばらく国を離れることになった」

「え……？」

思わず水差しを取り落としそうになったけど、なんとか元のテーブルに置いた。

ウィベルの言葉の意味はよくわからないながらも、不穏な雰囲気を感じ取って背中にジワリと嫌な汗が浮かぶ。

「ウィベル、お前！　……妹ちゃんになにも言わないつもりか？」

コウロがそう言って立ち上がったものの、ウィベルは小さく首を横に振り、詳しくは教えてくれなかった。それから彼は大股で私に近寄って手を取ると、ぐっと引き寄せた。なんの心構えもない私は、抵抗もできずウィベルの懐《ふところ》にすとんと収められてしまう。でもこの状況、コウロの目の前だし気恥ずかしい。現にコウロは、目を白黒させて口がぽかんと開いているじゃないか。

「ちょ、ちょょっと、ウィベル！」

「ごめん……ちょっとこのまま……」

「……ウィベル？」

普段とはまったく違う彼の声音には、どこか切なさが含まれていて、強く抵抗できなかった。

しばらく会えない――

その事実が、じわじわと私の心に広がってきた。

この温もりが離れてしまうの？　この体に、触れられないの？

共に過ごした時間はそれほど長くないのに、そのすべてが濃密だった。

ウィベルとの会話も、体を重ねたことも、私の魂《たましい》に刻み込まれたかのようだ。

「ウィベル……」

じわりと滲《にじ》み出てきた涙を、俯《うつむ》いて隠した。ウィベルの温もりが、今は辛い。

ウィベルは何回か深呼吸を繰り返したあと、私の背中をぽんぽんと叩いて体を離す。そして、じっと私の顔を見たかと思うと、重々しくこう言う。

「セラ、お前はイヤル商会の姉のところに行け」

「え……」

頭が真っ白になり、呆然《ぼうぜん》と立ち尽くす。

――今、ウィベルはなんと言った？

「これからのことで、事情が変わった。俺の私室にいては身の安全が保障できない。だからお前は姉のところへ――」

「嫌！」

ウィベルの言葉を遮《さえぎ》り、私は全身で拒絶した。

「どうしてそういうことを言うの⁉　私はここで――」

待っていたい、と言いかけた口のまま、はた、と自分の立場を思い出す。

私はウィベルにワガママを言える立場ではない。

ない……けれど、この拒絶の意味するところは――ウィベルの傍にいたい、という願いのみ。

これは私の個人的な理由であり、ル・ボランの姫という立場からすれば、これ以上の無理を言うべきではない。でも、離れたくない。私はウィベルと……この先も、ウィベルとずっと――

底のない穴に落ちたような暗い気持ちになり、目の前が絶望に染まった。

「……セラを泣かせてばかりだな」

頬に零《こぼ》れた涙を、ウィベルは自《みずか》らの手で拭《ぬぐ》い、そう言った。

私のためを思ってウィベルは姉のところへ行くよう言ってくれているのに、私は自分の都合ばかりをウィベルに押し付けて……

自戒《じかい》し、荒れ狂う心の波を抑えようと、右の掌《てのひら》を胸に当てた。

「いつ……出立《しゅったつ》されるのですか」

努めて冷静な口調を心掛けたのに、声が震《ふる》えてしまった。

「明日」

あし……た……？

思った以上に早く、私はうろたえる。しかし、もうこれは決定事項なのだろう。むしろ、私が寝ている間に出立《しゅったつ》しなかったことを喜ぶべきかもしれない。

ウィベルは、私のうしろにいるコウロに声を掛けた。

「コウロ、セラを頼む」

「本当にいいんだな？　……わかった」

黙って私たちを見守っていたコウロは、ウィベルの申し出をあっさり受け入れた。このあたりは長年の交友歴のお陰だろう。そしてわざとらしく咳払《せきばら》いをして、立ち上がる。

「とりあえずさ、僕のおせっかいだけど……二人はもっといろいろ話すべきないんじゃない？　特にウィベル、お前がな」

「……それを言われると辛いところだ」

その後、男二人は二、三他愛のない会話をしていた。その後、ウィベルは政務があると言って部屋を出ていった。

　残された私とコウロは、ふたたびソファに座る。

　私はその間もずっと水の中に潜《もぐ》っているかのような、ぼやんとした感覚で、現実がまったく受け入れられないでいた。

　コウロもイヤル商会の仕事で忙しいはずなのに、私を気遣って残ってくれたようだ。申し訳なく思うけれど、今はとてもありがたい。

　コウロに先ほど注《そそ》いだ水を渡されて一口飲んだら、止まらなくなった。まるで穴の空《あ》いた桶《おけ》のように飲んでも飲んでも満たされない。

「妹ちゃん……落ち着いた？　涙、止まるかな？」

「え……涙？」

　言われるまでまったく気にしていなかったけれど、ぼたぼたと止めどなく零《こぼ》れ続ける。慌てて手巾《しゅきん》を取り出して拭《ふ》くけれど、ちっとも水源は涸《か》れる様子がない。

「やだ……なんで……どうして……。変よ、泣くなんて意味がわからないわ」

　理由なんてわかりきっているのに。

　ウィベルと会えなくなるとわかった途端、想いが涙となって溢《あふ》れたのだ。でも――この想いは誰にも知られてはいけない。一生この胸に鍵をかけて、押し込んでおかなければならない。

　それなのに、狂おしいほどの想いが、私の中で暴《あば》れまわる。

そんな私を、コウロは黙って見つめながら「わかってるよ」と頷《うなず》いた。

私は、平気な振りをするため口の端に笑みを乗せようとしたけれど、うまくいかなかった。

「コウロ、なにをわかっているの？」

「……あれれ、この鈍さは姉妹共通なのかな？」

察しが悪いと言われているようで少し腹が立つ。そもそも鈍感の代表格であるようなコウロに言われるのは心外だ。

ムッとしていたら、へへへとコウロは笑った。

「うん、妹ちゃんはそういう顔のほうが似合うよ」

「そういう顔って、どんな顔よ」

「負けん気の強さっていうかさー、そういう所がいいんだろうな」

まったく、コウロの言うことはよくわからない。

けれど、私の気など知らないコウロは、さらに続ける。

「それにしても、すごいよな。もともとそういう動きはあったにせよ、これほど大きな決断をするって、並大抵の度胸じゃない。それに自《みず》ら指揮をとるようだし……」

おそらくウィベルのことだろうけど、コウロは明言を避けているので全容が見えず、もどかしく感じる。

「はっきり言って。今の、ウィベルの話よね？　ウィベルが……ウィベルが、どうしたの。国を離れることになったってことに関係するの？」

「妹ちゃん、なんで？　自分でウィベルに頼んだでしょ？」

「え？」

「レイモンの暴挙《ぼうきょ》を受けて、兵を動かすことになったんだよ。もちろん、すぐに戦争っていうんではないよ。要は威嚇《いかく》のため。だから、その準備で大わらわだったんだから」

兵を……？

そんなこと、ウィベルは一度も口にしなかった。

呆然《ぼうぜん》とその言葉を反芻《はんすう》する私に、コウロは語り始めた。

リグロがこの大陸最大の国になってから、諸外国との間に大きな戦はなく、外交にて均衡《きんこう》を図《はか》ってきた。しかしこのところ急速に力をつけてきたレイモンとは、小競《こぜ》り合《あ》いが絶えない。リグロは、これまでも何度となく話し合いの場を持ちたいと呼びかけてきたが、レイモンは聞く耳を持たなかったそうだ。レイモンの対応は周辺各国についても同様で、どの国も手を焼いているらしい。

しかし小競《こぜ》り合《あ》い程度なら警備兵が対処しているのではないだろうか。それなのに、出兵……となると、かなり大事《おおごと》だ。

「どうして今なの!?」

我が国へ通告してきた期日までまだあったはず。動揺を隠せず叫ぶと、コウロは真面目な顔を私に向けた。

「そりゃ……あー……」

コウロは一旦《いったん》話し始めたが言葉を濁《にご》し、一人納得したようにうんうんと頷《うなず》いている。それから、改めて話し始めた。

「まず一つは、先日レイモンがル・ボランに向かって兵を動かしたから。もう一つは……まあ、それはいいか」

内容は重大なことなのに、緊迫感のない声で言われると力が抜けてしまう。でも、兵を動かしたということは、とうとう侵攻してきたということなのか。

「どの道、レイモンとこうなることは避けられなかったんだよ。レイモンは交渉のテーブルにつく気が、まったくない様子だからね。それがたまたま今だったってだけ」

コウロが教えてくれたことによると、ウィベルは私が親書を渡してすぐ、リグロ王に話を通してくれたそうだ。そしてレイモンに、ル・ボランへの侵攻をやめるよう働きかけてくれたようだけど――期日になってもやはり、返答は得られなかったという。それどころか、レイモンがル・ボランに向かって本格的に兵を動かし始めたという情報が入り、今回の決断に至ったらしい。

「とにかく、妹ちゃんは明日から僕の家に――」

「嫌！　だって今回リグロが兵を動かすのは、ル・ボランのためでもあるのよね？　だったら、私もなにか力に……！」

――リグロの兵士たちと一緒に、ウィベルも出立《しゅったつ》するらしい。ル・ボランからも程近い、リグロとレイモンの国境へ向かうという。危険を伴う場所に彼が行っている時に、私だけ安全な場所でのうのうと過ごすなんてできない。この状況で、私にできることなんてないに等しいだろうけど……でも、居ても立ってもいられない！

「妹ちゃん、冷静になって。今、君にできることなんてないよ。とりあえず、僕の仕事は妹ちゃんをイヤル商会で匿《かくま》うことだから。いいかい？　明朝、迎えに来るからね」

「これは、決定事項だよ」と、真剣な目でコウロに念を押され、少しだけ頭が冷えた。

ウィベルとコウロの言うことに従って大人しくしているべきだと、頭ではわかっている。けれど、感情の部分は今にも暴《あば》れ出してしまいそうだ。

ウィベルの出立《しゅったつ》を知り、こんなに心が乱れるのは――ある気持ちが芽生えてしまったから。

この気持ちに気付かないままなら、どんなによかったか……

「――わかった。コウロ、よろしくお願いします」

覚悟を決め、きゅっと口の端を結んで答えた。コウロは黙って頷《うなず》き、「じゃあまた明日迎えに来るから」と立ち上がって、私に背を向けた。

私は、気持ちの整理をしなければと思いつつ、どうしようもない悲しさに胸が痛んだ。

ほんの数日――しかも、うち二日間は意識がなかったけれど――過ごしただけなのに、愛着が湧いたウィベルの私室。話し合ったり食事をとったりしたソファ、彼の言いつけを守らずに抜け出した窓、衣装部屋も隠し部屋も、そしてベッドも。その一つ一つに、かけがえのない思い出が詰まっている。

一生忘れない。けれど、ここで過ごした日々の記憶は、一生心に鍵をかけて閉じ込めておこう。

——私物の鞄《かばん》を持って、明日ここを発《た》つ。

こんなにも濃厚な日々を過ごしたのは初めてで、私は様々なことを思い返してはぼんやりと宙《ちゅう》を見た。

いつかはこの日が来ると覚悟していたはずなのに、名残惜《なごりお》しいという言葉じゃ足りないほどの離れがたさを、この場所に感じる。ずっとここでウィベルと一緒に……

窓辺に立ち、鍵を外してそっと窓を開く。すると、昼の熱気が嘘のように穏やかな風が流れ込み、私の髪を揺らした。肩にかかっていた銀色の髪が、さらさらと風になびいて零《こぼ》れ落ちていく。

普段は編んで一本に結んでいる髪は、私の心のように千々《ちぢ》に乱れた。

——明日、ウィベルは兵を引き連れて出立《しゅったつ》する。彼の身に危険が及ばないだろうか？　リグロの兵たちには？

これから起こることを考え、緊張と不安が心に重くのしかかる。

「まだ起きていたのか」

ぎ、と軋《きし》む音に振り返れば、ウィベルが扉を開けたところだった。私は小さく頷《うなず》いて窓を閉める。

「ウィベルこそ……随分《ずいぶん》遅かったですね」

彼は着ていた上着を脱ぐと、ソファの背もたれに引っ掛けて小さく溜息を吐いた。

「やることが山積みでな。しかし俺が休まないと下の者も休み辛い。だから、一旦《いったん》切り上げてきた」

そう言った彼は、若干《じゃっかん》顔色が悪い。私は傍に駆《か》け寄り、頭一つ分背の高いウィベルを見上げた。

「体、お疲れですよね。さあ、寝て体を休めてください」

腕を取り寝室に連れていこうと引っ張ると、バサバサッとなにかが落ちる音がした。足元を見ればそこには書類の束が散らばっている。私は「ごめんなさい！」と膝《ひざ》をつき、慌てて集めた。

ウィベルはどうやら、この部屋で仕事の続きをするつもりだったようだ。

少し角張った几帳面《きちょうめん》な字は、彼の性格をよく表している。掻《か》き集めた最後の一枚を手に取り、紙の束の一番上に重ねたところで、見知った文字が並んでいるのに気付いた。

「あら、これは……？」

もう少し先を読み進めようとしたところ、横から紙の束ごと引き抜かれてしまう。

「セラ、お前も明日朝早いだろう？　早く休め」

「嫌です。ウィベルこそ、明日出立《しゅったつ》なのに。少しでも休まないと体力の回復が……」

「俺は大丈夫だから」

私を安心させようとするためか、空《あ》いた手で頭をそっと撫《な》でてくれる。けれど、私は譲らなかった。

「――では、私を寝かしつけてください」

「寝かしつけ……？」

ウィベルの手が止まった。

「ワガママを承知で言います。眠れなくて困っている私を寝かしつけてください」

我ながら下手な言い訳だと思いながら、まっすぐウィベルの目を見てそう訴える。すると、彼はふっと笑みを浮かべた。

「セラが言うなら仕方がないな。ほら、寝室に行くぞ」

ぽん、と頭をひと撫《な》でして、ウィベルは私の手を引いて寝室へ向かう。その途中で、ウィベルは手に持っていた書類の束を文机《ふづくえ》に置いた。つまり、寝室で仕事をするつもりはないらしい。私のために時間を空《あ》けてくれたのだ。

――今の私にできるのは、無理にでもウィベルに休息を取ってもらうこと。明日から気力体力ともに厳しい日々が待っているのに、今ここで無理をして倒れてしまっては元も子もない。

私が、もそもそと布団に潜《もぐ》り込むと、ウィベルは床に腰を下ろそうとした。私はそれを止め、少しだけ勇気を出して掛布団を少しだけめくって中に入るように誘う。

「ウィベルにも、横になってほしいの」

「俺はまだ起きているから。それに……」

「それに？」

「理性が持たない」

理性……ということは、あの、その……

「そこは持たせてください！」

カッと顔が火照《ほて》った。違う、私はその行為に誘っているわけではないのだ。

「ほんの少しだけ……。せめて私が寝付くまででも、体を休めてほしいのです。だから、横になって」

少しでも横になれば、疲労回復に効果はあるだろう。

「お願いです……どうか、今だけ……」

こうやって二人で時間を共にできるのは、これで最後だ。

「――わかった」

目を瞑《つむ》り、拒絶されるかもしれない恐怖と戦っていた私の耳に、ウィベルの落ち着いた声が届いた。そして、かっちり着込んでいたシャツを脱ぐと、シーツの海に潜《もぐ》り込む。ぎし、とベッドを軋《きし》ませながら、ウィベルは私のほうに体を向け、目が――合った。

「あ……」

――好き。

心の中で、そう呟《つぶや》く。けれどこれは、決して声に出してはいけない言葉だ。

「さあ目を閉じて、セラ」

低めの声に、耳が痺《しび》れる。

――好き。

「ちゃんと寝つくまで傍にいるから。……本当だから、目を閉じろ」

大きな手で私の頬にかかった髪をうしろに流し、幾度も頭を撫《な》でてくれる。

――好き。好き……好き。

もう……この想いが、溢《あふ》れて止まらない。

ただ、彼がそこにいてくれるだけで、幸せだと思う。

認めてしまう恐怖に怯《おび》えていたのに、いざ自分の気持ちを受け入れたら、かえって心が決まった。

この気持ちを伝えることは当然できないけれど、ウィベルの幸せを祈ることはできる。これからの私は、それを心の拠《よ》り所にして生きていこう……と。

「手を……握《にぎ》ってくれませんか」

――私の声、震《ふる》えていないかな……ぎこちなく、なっていないかな。

普通に、普通に、と心の中で繰り返し唱え、自分の手を広げる。するとそこに、ウィベルの大きな手が重ねられた。

「寝つくまで、こうしてるから」

指と指を絡めて、きゅっと優しく握《にぎ》ってくれる。そうされるとわけもなく胸が震《ふる》え、奥底から込み上げてくるものがあった。どくんどくんと激しく高鳴り、掌《てのひら》越しにウィベルに知られてしまわないか冷や冷やする。

抱きしめられ、口付けを交わし、純潔も捧《ささ》げた。けれど、今のほうが……もっと深い所で繋《つな》がっている――と実感する。

その気持ちに全身が満たされて、穏やかな気持ちでゆらゆらと私の意識が薄らいでいく。

心地よくまどろみながら、ささやき声を聞く――

「――か、迎えに」

――ねえ、なんて言ったの？

「――……してる」

言葉は聞き取れなかったけれど、優しい声色に安心し、私はこくりと頷《うなず》いた。

5

重い瞼《まぶた》を開けて体を起こすと、そこは、しんと静まり返った空気で、この部屋には私一人しかいないことを知る。

天井を見上げ、右を見て、左を見て、溜息をゆっくりと一つ零《こぼ》す。

――いない。

それはそうだ。無理を言って、私が寝つくまで、隣にいてもらっただけなのだから。

約束通り、ウィベルは私が寝るまでは傍にいて、それからベッドを抜け出したのだろう。ウィベルがいたはずの場所のシーツはすっかり冷え切り、だいぶ前にここを出ていったことが察せられた。

……泣くのは、故郷に帰ってから。自分の部屋で、思う存分泣こう。

それまでは我慢しようと心に決めて、えいやっと布団から身を起こす。これから城下のイヤル商会に向かうというのに、私もいつまでものんびりしていられない。そう思って身支度《みじたく》を始める。衣服を整え、昨夜のうちに用意しておいた鞄《かばん》を手に取った。

リグロの城を何食わぬ顔で出るための手筈《てはず》は整っている。と言っても、出入り業者のふりをして、コウロと一緒に出ていくだけだけど。

差し当たって問題なのは、この私室を出ることくらいだ。扉には見張りの兵が立っているので、見つからないように窓から出る必要がある。

準備ができた私は鞄《かばん》を手に取ると窓枠に手を掛けた。鞄《かばん》の持ち手に紐をひっかけ、とりあえず先に荷物を地面へするすると下ろす。音を立てないよう慎重《しんちょう》に置いたあとは、窓の外に身を乗り出した。

その途端、ぴゅうっと冷たい風が私の髪を乱し、思わず頭を振る。

「んもう。……あれ？」

視界を邪魔する髪をうしろに流して顔を上げると、ふと視界の端に人が映った。物陰に隠れて周囲を窺《うかが》っている男二人だ。どう考えても怪しすぎる。そのうち一人に見覚えがある気がして、妙な焦燥感《しょうそうかん》にかられる。

逸《はや》る気持ちを抑えて地面に下り、鞄《かばん》を目立たない植え込みに隠すと、気配を消して素早く移動する。

男たちにそっと近付き、慎重《しんちょう》に身を隠して話し声に耳を傾けた。

思った通り、一人はベルエの私室で見た愛人だった。もう一人はまったく知らない男だったけれど、その口調から二人は仲間らしいことがわかる。

「……例の名簿は見つかったか？」

「いや、まだだ。煙を使っても口を割らねぇんだよ、あの年増」

年増とは、ベルエ夫人のことだろうか。それに、書類とはなんだろう？

「今度は三人で楽しまないかって誘ってみて、もっときつく問い詰めてみようぜ。色呆《いろぼ》けしてるから乗ってくるだろ」

「チッ……こっちは媚煙を使わないと勃たねぇのに、いい気なもんだ。あー、若い女のところにしけ込みてぇよ」

本気で嘆《なげ》く男の声に、あの時香を焚《た》いていた理由を知る。

レイモンの間者であるベルエの愛人は、リグロの上級貴族たちの愛人を何人も掛け持ちしているとウィベルは言っていた。

そんな男が探している書類とは、一体なんだろうか……

周囲の気配を探りつつ、男たちの話にふたたび耳を澄《す》ました。

「ところでお前、レイモンから帰って来たばかりで悪いが、手は空《あ》いているか？」

どうやら、ベルエの愛人の男はレイモンへ行っていたらしい。

「ああ。淫蕩《いんとう》生活に耽《ふけ》るご夫人方は、今日明日は南国の男を楽しむらしいからな。お呼びがかかることはねぇよ」

「――今朝出兵したリグロ軍の野営地の情報を手に入れた」

私は、その言葉に息を呑む。

男も同じく驚きの声を上げた。

「すごいな！　でも、どうやって？」

「モングリート侯爵からさ。自分の地位や名声を守るために自国を売るなんて、屑《くず》みたいな奴だよな」

――え⁉

思わず、声を上げそうになってしまい口を塞《ふさ》ぐ。そうしながら、男たちの会話に意識を集中させる。

どうやらモングリート侯爵は、貴族を……特に自分を優遇《ゆうぐう》しないリグロ王を恨《うら》み、このような暴《ぼう》挙《きょ》に出たようだ。レイモンの間者を国内にのさばらせて混乱を引き起こさせ、国を弱体化させるつもりなのだという。そして、貴族の権力を取り戻す気でいたようだ。

「ちょっとそそのかしたら話に乗ってきて、ちょろいもんだ」と、男は嘲笑《あざわら》っていた。

「……ところで、例の名簿、どこにあるか心当たりはあるのか？」

私が怒りに震《ふる》えていたら、男の一人がベルエの愛人に尋ねた。

「いや、まだだ。でも、それは俺がなんとかする。とにかくお前はこの情報を伝えてくれ。夜襲を仕掛けるぞ」

「わかった。じゃあ俺は街で馬を探す。伝えるなら、早いに越したことはないな」

頼んだぞ、と男が言い、二人の会話はそこで終わった。そうして男たちは、私がいるのとは違う方向に、それぞれ散っていった。

しかし……今、すごいことを聞いてしまった気がする。

リグロ軍の野営地情報を握《にぎ》られ、夜襲を仕掛けられる、と。

つまり――ウィベルの身に、危険が及ぶかもしれないのだ。

ザッと血の気が引き、焦燥感《しょうそうかん》に包まれた。

早く、知らせなきゃ……

心臓が、どくんどくんと早鐘を打つ。まずはコウロに伝えようと、その場をあとにした。

目立たないようにゆっくりと平常心で歩いているつもりが、気が急《せ》くあまりにいつの間にか早足になり、またゆっくりと歩くというのを何度か繰り返したのちに、ようやくコウロとの待ち合わせ場所に着いた。

ここは初めてこの城内に入った時に追われて忍び込んだ中庭だった。大小様々な木立が生い茂り、人目を忍んで落ち合うのに適している場所である。

コウロは、中庭の奥まった場所にある長椅子に座って、きょろきょろとあたりを見まわしていた。

……その動き、とても怪しすぎるんですけど？

「コウロ」

「わっ！　……妹ちゃんか〜。驚かすなよ〜」

本気で驚いた様子のコウロは、びくっと肩が跳ねて私を振り返る。まあ、私が植え込みの中からコウロの背中に向けて声を掛けたというのも一因だけど。

「今ね、モングリード侯爵夫人の愛人が、同じくこの城にいる仲間と会話しているのを聞いたの」

「えっ！　なにそれ！　どこで？　その仲間って――」

「シーッ！　待って。先に私の話を黙って聞いて」

とにかく、先程盗み聞きした会話の内容をコウロに話す。

――ベルエに隠されたらしい、なにかの名簿をレイモン側が探していたこと。それから、ウィベル率《ひき》いるリグロ軍の野営地情報が、モングリート侯爵から漏洩《ろうえい》していること。

後者については、愛人の男がすぐに馬を用意し、国境付近にいるレイモン軍に知らせるつもりだと聞いたことも伝える。

「コウロ、どうしよう！　ウィベルが……ウィベルが！」

話しているうちにまた気が急《せ》いてくる。ぎゅっと胸の前で両手を固く握《にぎ》りしめ、今すぐウィベルのもとへ飛んでいきたい気持ちを抑えた。

「妹ちゃん」

するとコウロは、私の手に触れて、ゆっくりした口調で言う。

「ウィベルなら、どんな敵でも打ち負かすから安心していい。でも、我が国の兵への被害が心配だ。危険な橋を渡ることにはなるが、商会の人脈を使えばうちの軍の野営地情報は得られる。だからね、妹ちゃん……今聞いたことを、僕が知らせに行くよ」

「えっ」

真面目に話しているのに、つい声が裏返ってしまった。だって、コウロは……コウロは超絶運動神経が鈍いのだ。まず馬に乗ることもできず、平坦な道ですらよく転んでいる。

「ダメ……だったら私が行く」

「無茶だ！」

「無茶で結構よ！　だって、私は……私、は……」

――ただウィベルの役に立ちたいのだ。心から愛する人の、役に――

不自然に言葉を止めたので、それを誤魔化《ごまか》すように咳払《せきばら》いをしてからふたたび話し出す。

「ウィベルたちに伝えにいくとなれば、馬に乗る必要があるわ。……コウロ、馬に乗れる？」

「あー……ちょっと厳しいかな」

ちょっと、というところに若干《じゃっかん》の意地を見たけれど、コウロ自身も自分の運動神経のなさは理解しているようだ。

「私なら大丈夫。それに、近道するために山を越える脚力だってあるわ」

山育ちの私には、わけないことだと強調する。

リグロとレイモンの間には、この大陸で五番目位の標高の山脈が横たわっている。だから、大抵の場合は迂回《うかい》する道を選ぶ。

でもそこを、一直線に横切れば時間が短縮できるのだ。とにかく一刻も早くウィベルに情報を知らせたいと考えていた私は、山を越えようと秘《ひそ》かに決めていた。この道は迂回路《うかいろ》と違い馬が使えないが、それでも私は行くつもりだった。

コウロは、私になにか言おうと口を開いては閉じるを繰り返した末、結局は頷《うなず》いてくれた。

「わかった、ここは任せる。ただし、無茶はしないで。そして、伝えたらすぐに戻ってくるんだよ？」

いつになく真剣な顔つきで、コウロは念押ししてくる。私もそれを神妙な顔で受け止めた。

「じゃあ、僕は名簿がなんなのか探ってみる。……うーん、モングリート侯爵の部屋に忍び込む必要があるかな」

「あ、それなら……」

私は、スカートの裾《すそ》を少したくし上げ、見えない位置に縫《ぬ》いつけた袋から一枚の紙を取り出して見せた。

レイモンの男たちが血眼《ちまなこ》になって探していた名簿――それは、モングリート侯爵家の私室に忍び込んだ時に見つけ、懐《ふところ》に入れて持ち帰ってしまった物ではないかとピンときた。

この名簿がなにか、あとで検証しようと思っていたけれど、まだできていなかった。もしこれが探していたものなら、ウィベルにとって役に立つ情報のはずだ。

「どれどれ……」

コウロは紙を覗《のぞ》き込み、しばらく読み込んだあと――

「うわあ！　妹ちゃん、最高！」

飛び上がらんばかりに喜び、私に声をかけてきた。

「これは、すごいよ。妹ちゃんのお手柄だ」

私はしっかり目を通していなかったから、コウロの手元を覗《のぞ》いてみる。するとそこには、レイモン風の響きがある何名かの名前、そして――リグロの貴族の名前が連なっていた。その中にはモングリート侯爵の名前もある。

「これ……もしかして、レイモンとリグロの……」

「そう、だね。うん、協力者の名簿だと思う。えー……じゃあもしかして、侯爵と夫人は、別々にレイモンと繋《つな》がっていたっていうことかな。あー、やだねー。不仲な夫婦ってやつはまったく」

コウロは名簿をキッチリと畳《たた》んで懐《ふところ》にしまうと、「これについては僕が全責任を持ってウィベルが帰って来るまで預かるね」と、服の上から胸をポンと叩いた。

「じゃあ残るは、野営地情報の件だ。妹ちゃん、急いでイヤル商会に行こう。その格好じゃ、動きにくいだろ」

「うん」

城内を歩くのには不自然でない姿だけど、兵を追いかけるのには向かない。

城を出る時はコウロが一緒なので、衛兵の検査もかなり緩いものだった。

そしてイヤル商会で、服を旅装に改め、獣の胃袋で作った水筒や日持ちのする食料を背嚢《せのう》に詰める。髪は布で覆《おお》って動くのに邪魔がないようにした。女性だということを、一目で周囲に知られないための対策でもある。

「絶対に、絶対に、無茶しないでね」

コウロと、小さな赤子を抱えるリータ姉様が見送ってくれた。姉様はまだ二人目が生まれたばかりで本調子ではないようだけど、私の旅立ちにどうしてもと立ち会ってくれたのだ。

「うん。すぐに戻ってくるって約束する。じゃ、行ってきます!」

心配させないよう笑顔で一度だけ振り返り、大通りからすぐの角を曲がった。

綺麗に整地された道の両脇には商店が立ち並び、多くの人々で賑《にぎ》わいを見せていた。その雑踏を抜け、私の背丈の三倍はある門をくぐり、跳ね橋を渡る。

私の故郷、ル・ボランとはまったく違う街並み。

――ここへ来ることは、もうないかもしれない。

愛する人が生まれた街に別れを告《つ》げ、私は先を急いだ。

＊　＊　＊

――計算、外……だったわ……

荒く呼吸を吐きながら、水筒の水を一口喉に流し込む。干からびた大地のように、すみずみまで体の奥に水分が染み込んでいった。

ちょっとだけ、休憩。

私は岩場に腰掛けた。途端に、重く沈みそうなほどの疲労感がのしかかってくる。リグロに来てからは大して体を動かしてなかったし、直前にはほぼ三日間寝込んでいたせいで、体が思うように動かないのだ。それなのに、いきなり山越えするなど今から思えば無謀《むぼう》だった。

万全の体調なら、もっともっと早く行けたのに……

一刻も早く知らせたい気持ちと、自分の力を過信したことから、山道を選んだのが間違いだった。

ろくに休憩を取らず、そして時間を惜しんで野宿しているのも災いして、かなり疲労が溜まっている。リグロを出発して三日目の夕方に差し掛かった今——体力は限界に近付いていた。

片手でふくらはぎを揉《も》みながら、反対の手でコウロが用意した地図を眺《なが》めた。これは、猟師が使う特殊な地図で、湧き水や崖《がけ》などの情報が記されているものだ。

ええと、ウィベル率《ひき》いる軍はこの通りを行くはずだから……

リグロから馬に乗って出発したレイモンの間者が自国の兵のもとへ着くのは、早くて丸二日後。……もう時間がない。

リグロ軍が夜襲に遭う前に確実に情報を届けようと思うなら、今日の夜までにウィベルのもとへ辿《たど》り着かなければならない。

空を見上げると、鬱蒼《うっそう》と茂る木々の隙間から差し込む光は弱まり、徐々に赤みがかってきた。夕刻が迫り、これでは間に合うかどうかも怪しくなってくる。

——急げ、急げ。

私は言うことを聞かない自分の体を叱咤して立ち上がり、地図をもう一度確かめてから駆《か》け出した。

しかし、時間は無慈悲《むじひ》にも確実に過ぎていく。どうしようもない焦《あせ》りで、背中がチリチリと痛い。

大きな岩を登り、足への衝撃が少ない柔《やわ》らかな枯葉の上に飛び下りて、すぐさま走る。少しでも時間を短縮するために、切り立った崖《がけ》も登り、川も突っ切る。いまだかつてこんなにキツい行程を

経験したことがない。それでも、先へ先へと足を進めていく。

息はとうに上がり、足なんて気力でなんとか動かしているようなものだ。頭の中は『早く、急いで』と自分を急《せ》き立てているのに、体が言うことを聞かなくて、悔《くや》しさに涙が滲《にじ》む。それでも、私は先を急ぐのだ。

時折空を見上げて太陽の位置を確認すると、私を嘲笑《あざわら》うかのようにだいぶ傾いてきている。私は悔《くや》しくて下唇を噛《か》みながら、空を睨《にら》み付けた。

何度目かの小休止で、手頃な石に腰を下ろした私は、ふたたび地図を広げる。そして今いる場所の大体の見当をつけると、そこからの道中を頭の中に叩き込んだ。

――この山さえ越えれば……

今、私が登っている山を越えると谷がある。

その谷がル・ボランとレイモンの国境だ。

私は硬くてパサついた携帯食を噛《か》み砕き、水で無理矢理喉に流し込む。それから地図をもう一度確認してから、畳《たた》んで懐《ふところ》にしまった。

靴はすでにぼろぼろで、ズボンも泥汚れや枝に引っ掛けたりで穴が空《あ》いている。それに、体中が疲労で軋《きし》むように痛い。けれど、まっすぐに前を向いて、足を踏み出した。

あたりは徐々に影が濃くなり、鳥たちもねぐらへ帰っていく。時間との、たった一人の孤独な戦いが続いていた。焦燥感《しょうそうかん》と相まって、ぐちゃぐちゃに心が乱れ、土臭い地面に寝転がって泣いて暴《あば》れ出したい気持ちになる。でも、そんな時——ウィベルのことを想うと、自分でも不思議なくらい力が湧いてくるのだ。

それから、肌身離さず着けているペンダントも私を勇気づけてくれた。これは、母様からもらった——正確には、リグロとの友好の証《あかし》として贈られた——ル・ボランの星の原石でできている。不安でたまらず、なにかに縋《すが》りたい時、私の心を癒してくれた。

もう一度石をギュッと握《にぎ》り、気持ちを引き締める。

——とにかく今は頭を空っぽにして、前へ進まなきゃ！

＊　＊　＊

「つ……いた……？」

呼吸すらままならないほどふらつく足で辿《たど》り着いたのは、目的地を見下ろす位置にある小高い丘だ。完全に夜が来る前に野営地に来られたのは、本当に奇跡だとしか思えない。

無理を重ねたために体中が悲鳴《ひめい》を上げている。私は重い体を引きずって、ウィベルを探して彷徨《さまよ》う。ここで倒れたら、急いだ意味がなくなってしまうとの一心で、あたりを見まわした。

「おい！　そこでなにをしている！」

三人組の兵の一人に声をかけられたので、私は背筋をまっすぐに伸ばし、できるだけはきはきと答える。

「ウィベルダッド殿下にお目通りを。私はイヤル商会のコウロから伝言を預かった者です」

あらかじめ考えていた言葉を発し、さらに腰から短刀を取り出した。私がそれを見せると、兵たちは一瞬身構えたけれど、柄《つか》にあるイヤル商会の刻印を見て少しだけ警戒を解《と》いてくれた。

「一刻を争います。急いで取り次ぎを！」

三人の兵のうちの一人が「隊長に確認するから、これを預かる」と言って、私の短刀を持って走っていく。残る二人は、私を監視している。……まあ、今の私の見てくれは酷《ひど》いものだ。顔も体も泥だらけであちこち引っ掻《か》き傷を作り、服も破れて怪しさこの上ない。だから、不審《ふしん》がるのも仕方がないよね。ともすれば、ぷつりと気を失ってしまいそうなので、兵たちが発するピリピリした空気が逆にありがたかった。

でも、早くしてくれないと……

私は、完全に日が暮れた空を見上げる。まだ日が暮れて間もないし、こんな早い時間に夜襲をかけられることはないだろうけど……。一旦《いったん》はおさまっていた不安が高まり、やきもきした。

いっそ私が本陣に駆《か》け込んだ方が早かったかも、と見張りを振り切って行こうとしたら、遠くのほうから「セラ！」と私を呼ぶ声がした。

居ても立ってもいられず、私も「ウィベル！」と返し、駆《か》け出す。

私を止めようと見張りの兵たちが追いかける気配がしたけれど、ウィベルの様子を見て立ち止まったようだ。

「セラ！」

一直線に私も走ったけれど、ふ、と足が遅くなる。

待って、今の私の立場を思い出すのよ。愛する人との感動の再会なんかじゃなくて——

「きゃっ！」

そんな私にお構いなしに、ウィベルはいきなり抱きしめてきた。走ってきてそのままの勢いだったので、かなりの衝撃が走る。

「ちょっと……ウィベル……！」

待って、と密着した体を離そうと背中を叩くけど、一向に手を緩めることもなく、むしろより力が増していく。

「は、離して！」

「本物のセラだ……セラ、セラ、会いたかった……！」

情熱的な言葉に、私の体温が急上昇する。今すぐその言葉に溺《おぼ》れてしまいたくなるけれど、そんな場合じゃない。大好きで会いたくて焦《こ》がれた人だけど、まず最初にすべきことは——

すうっと息を吸い、ウィベルの耳に向かって声高に叫んだ。

「話を！　聞いて！　ください！　殿下!!」

自分の喉が裂けるかと思うくらい、腹の底から声を出した。これにはさすがに、ウィベルも正気を取り戻し、私から体を離すと、ゴホンと咳払《せきばら》いして表情を整える。

「イヤル商会からの伝言とは」

……殿下面《づら》しても今さら遅いですよ？

チラリと周囲に視線を向けたところ、先程の見張りの兵などは口をポカンと開けている。それはそうだろう、このような場で甘い言葉を吐きながら女性を抱き寄せるなんて。私だって、こんなふうに迎えられるなんて思ってもみなかった。

……と、今はそれどころではない。

「レイモンの軍にリグロの野営地情報が漏《も》れました。ここへの夜襲計画があります」

「……っ、その情報を、どうやって⁉」

ウィベルにも、兵士たちにも緊張が走る。私はもう一度深呼吸してから、詳しく説明を始める。

「犯人は、モングリート侯爵です。レイモンの間者が情報を伝えにいっていて、そろそろあちらの軍が動き出す頃だと思います」

「どうしてモングリート侯爵は……」

私たちの周りにいた兵たちから、そんな声が上がった。

「レイモンの間者にリグロの内情を伝える見返りに、リグロに混乱をもたらそうとしていたようです。その混乱に乗じて、貴族の権力を取り戻し、自《みず》らの勢力を……」

ウィベルは、私の言葉を険しい顔で聞いていた。

「事情はわかった――おい、一番隊、三番隊の隊長を呼べ、陣形の変更だ。あとはそこの五番隊、三人一組でこの周囲の斥候《せっこう》。それから――」

傍に控える兵士に、ウィベルは次々と厳しい声で指示を出していく。私はその背中を見届けると、がくんと足の力が抜けた。

「セラ!?」

約三日もの間、大した休憩も取らずに駆《か》け続けた私は、伝えられた安心感から気力がぷっつりと切れてしまい、立っていられなくなったのだ。

視界が暗転する中、私はウィベルの焦《あせ》った顔を捉《とら》え、『珍しい表情を見ることができたな』などと、なぜか得した気分になった。

＊＊＊

――土の匂いがする。

濃い土の香りは、私の気分を高めてくれた。この土なら、穀物が豊かに育ち、大いに実りが期待できるだろう。ル・ボランも、こんな土だったら……。一年の半分を雪に覆《おお》われている故郷を想い出す。

でもおかしいな。なぜこんなにも土の匂いを感じるのか。

ゆっくり瞼《まぶた》を開けると、そこは天幕の中だった。外の明るい光がわずかに漏《も》れ、どこからか鳥の囀《さえず》りが聞こえてきて――ん？　鳥の声？　今は夜じゃ……えっ！

綿雲の中で寝ていたような気持ちよさだったのに、いきなり現実へ引き戻された。

――『リグロ軍の野営地情報が、レイモンに漏《も》れた』

その情報を得た私は険しい山道を駆《か》け抜け、ウィベルにそのことを知らせて、それから……それから？

必死に記憶を辿《たど》るけれど、ウィベルに会ってからのことが思い出せない。

ウィベルは？　どうなったんだろう。やたらと静かな今この場所が、急に怖くなった。居ても立ってもいられず、私は起き上がろうと腕に力を入れる。すると、ずきん、と全身に痛みが走った。

「いっ……！」

その場にふたたび倒れたら、全身のありとあらゆるところが悲鳴《ひめい》を上げた。

体に鞭打《むちう》って野道を駆《か》け抜けたのだから当然の結果でもあるけれど、半端じゃない痛みに涙が滲《にじ》む。でも、のんきに寝ている場合ではないので、できるだけゆっくりと体を動かしてなんとか立ち上がった。

天幕の出入り口の布を捲《まく》ったところ、また次の部屋が現れる。いくつもの小部屋が連なっているようで、なかなか外に出られない。これほど大きな天幕なら、きっとウィベルが使用しているものだろうけれど、肝心《かんじん》の本人には出会えない。

それにしても、人の声が聞こえない……

まさか、私一人だけを残して、レイモンと全面対決になって、そして――

心細さから、悪いほうへ思考が向いてしまい、背筋がぞっとする。矢も盾《たて》もたまらず、すっと息を吸った。

「ウィベルー！　ウィベル、どこにいるの⁉」

酷《ひど》い筋肉痛で動けない今、探しまわることができない。自分がどこにいるのかわからない状態で、大声を出すのが危険なのはわかっていた。でも、もし……もしここが敵陣だとしても、ウィベルがいないのなら、いっそここで……

最悪の状況を想定し、覚悟を決めた私にできることは、大声で呼ぶことだった。雛鳥《ひなどり》が親鳥を呼ぶように、ひたすら名前を連呼する。

ウィベル……会いたい。会って、もっと話したい。手に触れたい、抱きしめられたい、口付けをもっと、もっと、もっとしてほしい。

「ウィベル！　いるなら返事をして！」

私の中で、なくてはならない存在になってしまったウィベル。親の決めた相手と結婚するのだから、恋なんてしない、知らなくていい、と気持ちを固めていたのに。優しい瞳で見つめられたり、私の憎《にく》まれ口に笑って応《こた》えてくれたりするのを見ているうちに、ゆっくりと私の気持ちが溶けていった。

いつの間にかウィベルに染まっていた……のかもしれない。

好きで、愛して、焦《こ》がれて――

とにかく、今の状況を知りたい。レイモンとはどうなったのか。そしてウィベルは無事なのかどうか。

「ウィベルー！」

こんなに呼んでも反応がないということは、この周囲には誰もいないのか。ざわりと体中の血液が騒ぎ出す。

「ウィベル！　どこ！　ウィベル‼」

ここも違う、ここにもいない、と天幕の中を歩く。いつの間にか体の痛みを忘れ駆《か》けまわった私は、この中にはいないと確信し、意を決して外に出ることにした。

多くの小部屋の中からようやく外へと続く出入り口を見つけた私は、厚手の布をグッと掴《つか》み、大きく開く。

「ウィ……！　べ、ル……？」

投げつけた声は零《こぼ》れ落ち、足元に染み込んでいく。

どういうこと……⁉

眩《まぶ》しいくらいの太陽の光が降り注《そそ》ぐその下には、人、人、人――大勢の人で溢《あふ》れかえっていた。

皆、こちらを見ている。男性ばかりで、防具や衣服は土で汚れ、それなのに表情はみな明るかった。

私を見て戸惑っている様子に、敵意はないと感じたけれど……それにしてもおかしい。全員が規則正しく並んでこちらに注目するなんて、まるでなにか集会でもあったかのようで……

「セラ！」

名前を呼ばれたかと思ったら、いきなり体が宙に浮いた。

「きゃああっ！」

「皆、今回の功労者のセラだ！」

私を抱き上げたのはウィベルで、そのウィベルも顔やら服やらが汚れている。しかしすっきりした顔をしていて、立ち並ぶ人々に、それこそ見せびらかすように私を持ち上げた。

「ちょっと、どういう、こ……きゃっ！」

膝《ひざ》と背中を抱えられていたのに急に足を地面に下ろされて、ふらついたところを今度は強く抱き寄せられる。意味がさっぱりわからない私は、「なに!?」「ウィベル!?」「待って！」と繰り返すことしかできない。

その時、ようやく救いの手が入った。ゴホンゴホンとわざとらしく咳払《せきばら》いをしながら、ウィベルに向かって「殿下」と声を掛ける人が現れたのだ。

「大変申し上げにくいのですが……そちらの方とは、どのようなご関係で？」

実直を絵に描いたような、白髪《しらが》がやや目立つ壮年の男性が、私とウィベルを交互に見ながら尋ねた。それはそうだろう。少し前までリグロの城内にはいたものの隠れて過ごしていたし、コウロからの伝言を預かってきたという以外、詳しいことはなにも話していない。それなのに、リグロの王子様とやたらと親しげで……。私の正体を知るのは、この中ではウィベルしかいない。

「イヤル商会の紋は確認いたしましたが……」

ウィベルの腹心らしい男は、まだ少し私を怪しんでいるようだ。私はその姿を見て、逆にホッとした。だって、右に倣《なら》えではなく、ちゃんと上の者に諫言《かんげん》できる人材だからだ。

そんな風に二人の様子を見ていたら、ウィベルは「ああ、そうか」と呟《つぶや》く。それから少し天を見上げて考え、パッと顔を戻すと「まっ、ちょっと早いけれどいいか」などと、私を抱きしめたまま言う。そうして肩を抱き寄せ、群衆に私の顔が見えるように向き直った。

「一つ、報告してもいいか」

ウィベルが口を開くと、水を打ったように静まり返った。

「セラ、聞いてて」

私に一言小声で告《つ》げてから、ウィベルは顔を上げて堂々と胸を張り、口を開いた。

「皆、今回の遠征御苦労だった。結局、レイモンとは剣を交えることになったが、我が軍にほとんど被害者を出さずに済んで安心している。それは、夜襲を免《まぬが》れたのが大きいだろう。その夜襲の情報を知らせてくれたのが、このセラだ」

私を見下ろして微笑むと、より一層大きな声を上げる。

「危険を顧《かえり》みず、たった一人でリグロからここまで短期間で駆《か》けつけてくれた俺の婚約者、セラ……エリクセラ・ル・ボラン姫だ。——ありがとう、感謝する」

途端、うおおおお！　と地鳴りのような歓声と割れんばかりの拍手が一斉《いっせい》に降り注《そそ》いだ。しかし私は、ウィベルの言った言葉の意味がちっとも呑み込めず、呆然《ぼうぜん》と立ちつくしてしまう。

今、なんと……？

大勢の前で、私がル・ボラン大公国の姫だと紹介した……のはまだわかる。でも、その前、その前の言葉！

「こ、こ……婚約者って……？」

強張《こわば》って上手く動かない口でウィベルに尋ねると、なにも言わずに頷《うなず》き、ふたたび正面に向き直ると拳《こぶし》を突き上げた。

「各部隊、準備を始めろ！　リグロに帰還《きかん》する！」

おおー！　と兵士たちも拳《こぶし》を上げて呼応し、それはしばらく鳴りやみそうになかった。

ウィベルは晴れやかに笑みを浮かべながらその場から離れ、天幕のほうに歩き出す。

「あ、ちょ、っと、ね、ウィベル……あの……！」

ウィベルが早足で歩くので、私は足がもつれそうになり、気が気ではない。途中、腹心らしい男が駆《か》け寄ってきたけれど、二、三言ウィベルが話したら納得したようで引き下がってしまった。彼はその場を離れる時、私に向かって深々と礼をしてきた。なんのことかさっぱりわからないけれど、礼には礼を返そうとしたら、ウィベルに「いいから」と肩を強く押される。そのまま、ほぼ引きずられるように天幕へと連れ込まれてしまった。

ばさ、と厚い布のあわせを閉じると、私がなにか言う前にウィベルの顔が近付いてきた。え、と思った瞬間、唇が柔《やわ》らかいものに覆《おお》われる。食べられてしまう！　と錯覚《さっかく》するほど濃厚なキスが降り注《そそ》いだ。初めから舌が潜《もぐ》り込み、私のを絡め取ったかと思うとざらつく表面を擦《こす》り合わされ、もはやどちらの唾液かわからないものが溢《あふ》れて、私の顎《あご》に伝った。

「……ん、ふ……ぅっ……んっ、ん……」

酸素を取り込むのすらやっとのこと。上がった息も吸い込まれてしまいそうだ。

ぴちゃ、くちゅ、と音が漏《も》れ出て聞こえ、私の熱を簡単に上げていく。

こちらが降参してもなかなかやめてくれず、私はすっかり腰が砕けて自力で立っていられなくなってしまう。そこでようやく満足したのか、ウィベルは体を離してくれた。

うう……唇がじんじんする……

きっと腫れて酷《ひど》い姿になっているだろう。ウィベルに聞きたいことがあったのに、それを忘れてしまうほど翻弄《ほんろう》されてしまい、解放してくれたところで頭の中がぼんやりして思考が定まらない。

「水だ。飲むか？」

座り込んでしまった私へ、ウィベルは天幕の奥から持ってきた革の水袋を差し出した。一口飲むつもりが、受け取った途端、ごくごくとすべて飲みつくしてしまった。自分が思う以上に喉が渇《かわ》いていたらしい。それでようやく気持ちを落ち着けることができた。

すぐ隣にウィベルは腰を下ろし、なぜかスッキリとした微笑みを浮かべながら私の頭を撫《な》でる。

「……なにを企《たくら》んでいるんですか」

「心外だな。企《たくら》みなぞ、少ししかしていないぞ」

「少しって……してるんじゃないですか！　だいたい、さっきのあれはなんですか？　聞き間違いじゃなければですけど、私のことを……こ、こ、婚約者、とか……言っていませんでした？」

改めて言葉にすると恥ずかしすぎるし破壊力がある。頬を赤らめながら尋ねると、頭を撫《な》でていた手が止まった。

「言った」

いやいや、あっさり認めないでくださいよ。そして、「それがなにか？」みたいな顔してこっちを見ないでください。

ウィベルは少し視線を上げてなにか考えていたようだけど、すぐに「ああ」と得心がいったようだ。

「最後の条件を満たしに、これからル・ボランに向かうぞ」

「ど……ういうこと、ですか……」

私は疲労を感じながら問いかけるけれど、素直に話してくれるウィベルじゃないことなど、短い間の付き合いだけでもわかっていた。その上で一応尋ねてみたら、思ってもみない方向の答えが返ってきた。

「立場からすると、国同士の話になるだろう？　挨拶《あいさつ》に行かなければな」

「挨拶《あいさつ》って、え？　私の父様のところ……今から？　本当にル・ボランに行くの!?」

わけがわからない私は、鸚鵡《おうむ》返しばかりしてしまう。

「ど、どういうことでしょうかっ」

緊張で体を硬くする私に気付いたウィベルは、ふふっと笑いながら私の頬を撫《な》でる。

「あちらに着いたら言おう」

「今、教えてくださ――あっ！」

私の抗議の声を塞《ふさ》ぐように、ウィベルはキスをよこす。それは、お互いの気持ちの隙間を、あっという間に埋めるような温かなキスだった。

6

険しい岩場、獣道、断崖絶壁……

ル・ボランへ行くには、この道を通るしかない。

私とウィベルは、そこを黙々と歩いていく。と言っても二人きりではなく、当然護衛の兵も数名いるのだけど。

私はと言うと、筋肉痛はしばらく休んだら落ち着いたし、故郷に帰れるとあって足取りは軽かった。それでも時折足がもたついたりしたけれど、ウィベルの助けもあってなんとか来られた。

道すがら、どのようにレイモンの兵を追い払ったのかを教えてほしくて、ウィベルに尋ねる。すると、「そうだな……」と一旦《いったん》言葉を切って、少しずつ話してくれた。

今回、兵を動かすにあたり作戦を考えたのは、モングリート侯爵の息がかかった人物だったそうだ。私からの情報がなかったら、リグロ軍はかなりの痛手を負うことになっただろうと聞かされた。

しかし私からの伝言を聞き、ウィベルは一計を案じたらしい。そのお陰で、レイモン軍の頭《かしら》を捕らえられたという。そしてその頭《かしら》に、今後はリグロと、そしてル・ボランに対して二度と手荒なまねをしないよう約束させた、と教えてくれた。

そのあたりをものすごく簡単に言っているけれど、それに至るまでの緊張感や血なまぐさい場面は筆舌《ひつぜつ》に尽くしがたいものがあったのだろう。現に、兵士たちの服や体の状態は厳しい戦いを思わせるのに十分だ。ウィベルですら、ところどころ布が裂けたり血が滲《にじ》んでいたりする。

――正直なところ、私はそのような場面に出くわしたことがない。命のやり取りを目の前にしなくて本音の部分はほっとしている。今その話を聞いただけでも、血の凍るような思いがして気が遠くなりそうだ。

それにしても、と私の前を歩くウィベルの背中を見つめる。

広い背中を追いながら、改めて彼の頼もしさを感じた。

＊　＊　＊

「父様！　母様！」

ようやく生まれ故郷の住まいに着いたのは、夜の帳《とばり》が下りてからだった。

城と呼ぶにはやや小さい館が見えてきた時、気が急《せ》くあまり一行から飛び出して門へ駆《か》け出した。篝火《かがりび》の傍に立つ馴染《なじ》みの門番が目を丸くして驚き、すぐさま中に通された。私は一目散《いちもくさん》に両親のいる部屋に突撃する。この時間だったらおそらく公務の資料整理などやっているだろうとあたりをつけたら正解だった。

「エリクセラ!?」

「ただいま！　父様！」

突然現れた私に、父様は驚きつつも「おかえり」と迎えてくれた。

「失礼します」

そこへ、ようやく到着したウィベルが侍従に案内されてやってきた。一行から勝手に離れて先を行き、門番にもウィベルたちのことを伝えていなかった私は、「ぎゃっ！」と飛び上がる。そして非礼を詫びるため彼のもとに急いだ。

「ごめんなさい！　あの……」

「いや、いい。わかってる」

私の頭をぽん、と軽く叩き、姿勢を正したウィベルは父様に向かって礼をとる。

「お久しぶりです、イルエン・ル・ボラン大公。お話ししたいことがあって参りました」

明らかに初対面でない言葉と雰囲気に、私はウィベルと父様を交互に見比べた。知り合う機会なんて、いつどこで出会いがあったのだろう。

「ウィベルダッド・リグロ王子、待っていたよ」

父様は、目を細めてウィベルを労《ねぎら》いつつも、少しだけ強張《こわば》った表情をしている。ウィベルは父様になにか話したそうにしていたけれど、今日は夜も遅いことから、話は疲れを取って翌朝改めて、ということになった。

「湯殿も支度《したく》をさせよう。とにかく、今夜はゆっくりと体を休めてくれ」

ウィベルも、そう言われると無理を押し通すわけにもいかないようで、礼を言って休むための部屋へと案内されていった。ウィベルは部屋を出る前に振り返り、私にだけわかるように不敵な笑みを浮かべた。それが妙に気になったけれど、どういう意味なのか図りかねた。

私も今夜は体を休めようと、離れにある自分の部屋へ向かった。そして、家族専用の湯殿で、ゆっくりと体を温めると、じわじわと国に帰ってきた実感が湧いてくる。

帰ってきちゃった……きちゃった、というのも変か。

ここに来る前、リグロの兵たちを前にウィベルが言った言葉――婚約者。

婚約者って、どういう意味だろう。ル・ボランを併合する交換条件として、私をもらうと決めた、という感じか。私は一応姫だけど、他国の姫君と比べたら良くも悪くも庶民的で異質な存在だろう。それなのに受け入れるということは、よっぽどの物好きに違いない。

説明は二度手間になると言って、ウィベルはここに来るまで一切詳しく教えてくれなかったのでわからない。明日になれば全部わかるのかな。

いくら頭をひねっても答えが出ることではなく、考えるのをやめて湯殿を出た。

体を清めたあと、私はルティエルの部屋へ向かった。帰宅して早々父様たちとお話をしていて遅くなってしまったけれど、せめて一目、寝顔だけでも見て安心したかったのだ。

生まれてからずっと過ごしてきたこの屋敷……なのに、ほんの少しこの地を離れていただけで、懐《なつ》かしく感じてしまう。

私たちきょうだいには、それぞれ個室が与えられている。兄様たちは城の中心部に近いところ、私たち娘は少し離れたところに部屋があった。

中庭には、厳寒の地でも育つ植物が植えられている。まだそこかしこに雪が残っているけれど、木々が少しずつ葉を伸ばしていた。

その庭の景色が窓から一番よく見えるのが、ルティエルの部屋だ。一日の大半をベッドで過ごしているため、その視線の届く範囲に緑が見えるようにとの理由からである。

ルティエルの部屋の前についた私は、音を立てないようドアを慎重《しんちょう》に開いた。そして足音を忍ばせて部屋の奥にあるルティエルのベッドに近寄る。規則正しい寝息が聞こえてきて、知らずホッと息を吐いた。

——よかった……顔色もよさそう。

ここのところ調子がいい、と聞いてはいたものの、自分の目で見るまでは安心できなかったのだ。しばらくじっと寝姿を眺《なが》めたあと、また明朝起きている時に出直そうとベッドから離れたら、小さな声で「ねえさま?」と呼ばれた。

「あ……ごめんなさい、起こしちゃったわね」

「お帰りなさい」

「——ただい、……」

言葉を続けようとしたのに、出たのは涙と嗚咽《おえつ》だった。堪《こら》えていたものが一気に噴《ふ》き出し、自分ではどうにも止められない。ルティエルのベッドの傍に膝《ひざ》をつき、シーツに顔を埋《うず》めた。

様々な感情が涙となって、ぼろぼろ落ちていく。ルティエルは私の手を握《にぎ》り、落ち着くまで静かに待ってくれた。

しばらくそうしていると、ぎちぎちに縛った気持ちの糸が、少しだけ解れた気がする。

病弱な妹にまで心配をさせるなんて、姉失格だわ。

「ごめん、もう大丈夫」

ぐしぐしっと雑に目を拭《ふ》き、鼻をすすりながら顔を上げると、そこには笑顔を見せるルティエルがいた。

「よかった……姉様、泣いてくれて」

表情は笑っていたけれど、その双眸《そうぼう》からはぽろぽろと涙が落ちていく。

「いつもいつも……私の心配ばかりしてるから……。なにがあったのか知らないけれど、姉様、辛くて泣いたの？」

辛くて泣いた――？

そう言われてハッとした。

「違うの。私はちゃんと幸せよ？　……ちょっと頭が一杯になっちゃって……うん、ごめん。泣いたらすっきりした」

ルティエルは、私の瞳をまっすぐに見つめた。本当は、揺らぐ私の感情に気付いたのだろうけれど、「そっか」と涙を拭《ぬぐ》って頷《うなず》いた。

「私、キラキラしている姉様のことが大好き。だから、自分を偽《いつわ》らないでね」

「……わかった」

ルティエルはそう言うと、私の手を握《にぎ》る。その手の温かさは、以前とは比べ物にならないほど生命力に満ちていた。

「姉様、私……もう大丈夫だから。姉様自身の幸せを一番に考えてね」

私の抱える混沌《こんとん》を見透《みす》かしたように、ルティエルははっきりとそう言い、「眠くなっちゃった」と小さくあくびをした。

私は掛布団を掛け直してやり、「おやすみなさい」と部屋を出る。

廊下に出たところで、私は背中を壁に預け、胸の中に溢《あふ》れる思いを溜息と共に吐いた。

……ルティエルは、いつまでも子供じゃない。

誰に言われたわけじゃないけど、ルティエルは私が守らなければ、とずっと思っていた。だけど、ルティエルはとっくに私の手を必要としなくなっていたのだ。

それどころか、私の心配まで……

寂しいけど、嬉しい。

私はさっきより少しだけ軽い足取りで自室に戻った。

でも、やはり部屋に一人になると、気持ちはあっさりと沈んでいく。ベッドに寝転がり、疲れた体を早く休めなければと思うのに、うまく寝付けない。頭の中は、ウィベルのことがずっとぐるぐるしている。好きだけど、それだけじゃいられない。国のことを考えて、私は――

固く閉じていた目を開くと、見慣れた天井がぼやけて映る。ベッドに体を横たえて眠りの世界に旅立ちたかったのに、寝付けない。喉の渇《かわ》きを覚えて体を起こし、近くのテーブルに置いた水差しを取りにいこうと思った。

机の前にある窓を見ると、青白く光る月の光が差し込んでいる。誘われるように私はベッドから足を下ろすと、ひやりと足の裏が冷たさを感じた。寒さの厳しい時期には決してできないが、今は冷たい床を素足で歩くのが気持ちいい。テーブルの上にある水差しからコップに一杯注《そそ》ぎ喉を潤《うるお》してから、なんとなく窓辺に視線を向けた。

すると窓の端に、なにかが見え隠れしている。風に揺れる木の枝？　とも思ったけれど、動きがそれとは違うし、妙に気になって覗《のぞ》き込む。

よくよく目を凝《こ》らして見てみれば——

「……ウィベル？」

影の正体は、ウィベルだった。

ウィベルは、あてがわれた部屋のバルコニーに出て、空を仰いでいる。月の明かりが、ウィベルに惜しみなく降り注《そそ》いでいた。

私はその姿に、一瞬で目を奪われる。

ウィベルの亜麻色《あまいろ》の髪が、きらきらと煌《きら》めき、その姿はまるで天界から降りてきた神のように思えた。

そのまま天に帰ってしまいそうで、思わず窓を開けて身を乗り出した。そして名前を呼ぼうと口を開いたけれど、こんな夜更《よふ》けに大きな声で呼ぶのはよろしくないと思い止《とど》まる。

すると逆に、ウィベルのほうが私に気付いてくれた。

「あ……」

自分から呼ぼうとしたくせに、いざ顔を合わせるとなにを言っていいかわからなくなってしまった。軽く就寝の挨拶《あいさつ》だけしておこうかな。

そう思って、おやすみなさい、と口の動きだけで伝えて部屋の中に引っ込もうとしたところ、ウィベルがこちらに向かって手を振り、〝待っていて〟と口の動きだけで知らせてきた。

私に用があるの？

今、私の傍に来られると困る。どんな顔をして会えばいいかわからないし、余計なことを言ってしまいそう……窓に近寄ったのは大失敗だった。でも見つかってしまった以上、断るのも気が引ける。そうだ、ウィベルの話を聞くだけ聞いて、すぐに帰ってもらおう。私はそう結論付けた。

でも、どうやってこの部屋まで来るつもりなのかな。私はよく窓の外にある大木の枝に飛び移って部屋を抜け出したものだけど、リグロ王国の王子様がそんな――

と思ったらまさにその方法で、木をするすると登り頑丈《がんじょう》な枝からこちらの窓枠にひらりと飛び移った。「お待たせ」と事もなげにやってきた彼に、私は呆気《あっけ》に取られる。そうこうしている間に、窓を乗り越えて部屋に入り込まれてしまった。

「じょ……女性の部屋に夜中忍び込むなんて！」

言いたかったことはそうじゃない。けれど、わざと怒ったふりでもしないと心が千々に乱れて喚《わめ》いてしまいそうになる。

「会いたい気持ちは止めようがないだろう？」

ウィベルはきょろきょろと眺《なが》めては「へえ、ここがセラの部屋か」と言って歩きまわり、ほんのりと口の端に笑みを浮かべる。私的な場所を興味深く見られるだなんて恥ずかしすぎるけれど、愛しい相手がこの空間にいるという事実に、胸が甘く疼《うず》く。

それからウィベルは、私の傍に歩み寄ると、いきなり正面からぎゅうっと抱きしめてきた。

「きゃっ！」

こうやって抱きしめられることは、リグロにいた頃、何度もあったけれど、自分の私室で抱きしめられるというのは妙に面映《おもは》ゆい。

「離してくださ……」

思わず口から出た拒否の言葉を、慌てて引っ込めた。ウィベルが、ル・ボランと併合する見返りとして私を自分のもとに嫁がせると決めた、という意味ならば、私に彼を拒否する権利はない。

私には、もうすぐ結婚する予定の人がいるけど、事情が事情だし、その相手には断りを入れてウィベルの要求を呑むといったところか。今リグロといううしろ盾《だて》を失ったら、ル・ボランの国民の生活は守れない。

それにしてもル・ボランのように小さな国の姫など、大国リグロの王子様の相手としてふさわしくない気がするけれど……。もしかしたら、何番目かの側室として傍に置いておくつもりとか？

ウィベルに限ってそんなことはないと思うけど、それ以外思いつかない。

私が急に黙り込んだのを不審《ふしん》に思ってか、ウィベルは体を離して両肩を持ち、まっすぐに視線を合わせてきた。

澄《す》んだ群青色《ぐんじょういろ》の瞳が、逃げようとする私の心を縫《ぬ》いとめる。

「一つだけ、確認したい」

落ち着きのあるウィベルの声は、少しだけ躊躇《ためら》う空気を含んでいた。

ぐっと下腹に力を込め、覚悟を決めて頷《うなず》いた。

私と視線が合った瞬間、ウィベルの瞳がゆらりと揺れる。

「お前にとって……俺との婚姻は意に添わぬものか、否《いな》か」

それって……

私は、真剣な表情を崩さないウィベルの真意を図りたく、慎重《しんちょう》に言葉を選んだ。

「ウィベルダッド殿下がそれを望むなら、私は――」

「……国のためとかそういう都合抜きにして、お前の気持ちを……聞きたいんだ」

ウィベルは、ささやくように言った。語尾の絞られるような声に、切羽《せっぱ》詰まったものを感じる。

でも、どうして……。彼の考えていることがわからない。真意を引き出そうと、私は踏み込んだ。

恐る恐る両手を差し出し、ウィベルの頬を挟むと、頬に指が触れた瞬間、彼がびくりと跳ねる。

そのままじっとしていると、強張《こわば》った頬の筋肉がゆるゆると和《やわ》らいでいくのを感じた。

「殿下は……ううん、ウィベルはどういう気持ちから、私を『婚約者』とおっしゃったのですか？」

それほど長く付き合いがあるわけじゃないのに、自分の半身かと思うほどかけがえのない存在になっていた。そんな彼の口から語られるのは、どんな言葉か――？

想いが指先から伝わったのか、彼の頬がわずかに震《ふる》えた。

理由を知りたい。

けれど、知るのが怖い。

ウィベルはまっすぐ視線をぶつけて外さず、私に挑《いど》むように答える。

「俺は――」

その先、聞きたくない！　と自分で聞いておいて急に怖くなり、ぎゅっと目を閉じた。

すると、ウィベルの頬に当てていた私の手を外される。温もりの喪失を感じた……と同時に、違う温もりがもたらされた。

「ん……っ！」

それは熱さ。

それは驚き。

覚えのあるその感触は――唇。

手を外され、一気に距離を詰められて、唇を重ねられた。今まで幾度も口付けをされたけれど、そのどれよりも熱くて、そのどれよりも温かくて、そのどれよりも気持ちが重なるような気がした。

「っ……ふ、ぅ……」

彼の手は私の腰と背にまわり、二人の体の隙間を埋めた。わずかに開いた唇の隙から、厚みのある舌がぬるりと侵入してくる。その質量に圧倒され奥に縮《ちぢ》こまって怯《おび》える私の舌を擦《こす》られ、ぞくぞくと寒気にも似た震《ふる》えが背骨を駆《か》け上がっていく。

ザラッとした感覚が舌と口蓋《こうがい》と歯列をなぞり、舌を絡め取り、激しさを増していった。

ぴちゃぴちゃと淫《みだ》らな音が耳に伝わり、じわじわと熱が上がって息が荒くなる。

呼吸すらままならず、思考が追い付かなくてぼんやりしたところで、ようやく重なった唇が離された。空気を取り込もうと浅い呼吸を繰り返していると、ウィベルは抱きしめたままの私の肩に、ゆっくりと額を乗せる。じんわりと伝わる温もりが、私の胸を高鳴らせた。

「俺は、お前に一目惚《ひとめぼ》れした。観念しろ」

——えっ！

一目惚《ひとめぼ》れ……って、いつ、どこで!?

混乱する私をよそに、ウィベルはほんのりと苦い笑みを浮かべて続ける。

「セラ、愛してる。一生大切にする」

私のことを、私だけを愛してくれるの——？

……本当に？

突然あれこれ起きすぎて頭がついていかないし、聞きたいことはいろいろある。

ええと、まずは……

「一目惚《ひとめぼ》れって、いつ、ですか……？」

「三年前、かな」

「えっ！」

てっきりあの中庭の植え込みで出会った時だと思ったのに、まさか。

でも……どう記憶をひっくり返しても、ウィベルに会った覚えはない。だって、だって、あの時、中庭で私を捕らえた時が、初めてじゃ……！

その時のことを頭の中で掘り返していると、そういえば初めから私のことを知っているような態度だった、と思い出す。

名前どころか私の立場を理解しての発言の数々……しかし、三年前の出来事はちっとも思い出せなかった。

首を捻《ひね》る私に、ウィベルは顔を上げてクスクスと肩を揺らす。

「三年前が初めてだが、それ以降幾度か会っているぞ？」

「い、幾度も!?」

一度だけならまだしも、何度も会っているなら少しぐらい見覚えがあってもいいはずなのに。

「まあ、そう嘆《なげ》くな。覚えていないのも無理はない。セラはすぐ奥の宮に下がってしまっていたからな」

あたふたする私に意地悪している自覚があるのか、ウィベルは種明かしをした。

「三年前――初めて俺はこの地を訪れた。実際に自分の目で見てみないと気が済まない性分《しょうぶん》でな、リグロ王国の使節団の一員としてル・ボラン大公国を見にきた」

「し、使節団の？　ええっ!?」

「失礼を承知で言うが、この国は大変貧しい。それでも、限りある食材で趣向《しゅこう》を凝《こ》らして心から我々を歓迎してくれた。その温かさが驚くほど心地よかったんだ」

それはル・ボラン大公国の国民性というか、厳しい環境に由来している。皆が協力し合わないと、明日の食事すらままならないため、常にお互いに対して感謝を持って生活をしているからだ。

他国の使節団に対しても、それは変わらない。険しい山道を歩んできた体を労《ねぎら》い、また来てもらえるように。

リグロとはその後すぐ、民間での交易を始めることとなり、リータ姉様がコウロに猛アプローチされ、結婚することになったのは記憶に新しい。

野営地からこの国へ向かっている時、そういえばウィベルも、そして護衛の兵士たちも平然とした顔で進んでいた。聞けば、ウィベルを含めてこの全員がル・ボランへやってくる隊商にたびたび交じっていたそうだ。その中で足を引っ張るのは、運動神経を母親の胎内に忘れてきたコウロくらいなものらしい。

一年のうち片手で足りるほどの訪問だが、私はなによりも楽しみにしていた。その理由は、甘い甘いお菓子だ。見たこともない飾り付けをされた可愛らしいお菓子が、私たち姉妹は大好物だった。

けれど、お目当てのお菓子のことはよく覚えているけれど、そういえば私は運んできてくださる隊商の方々のお顔を……覚えていないわ……

「ま、俺は立場を隠していたからな。わからないのも無理はない」

余裕すら垣間見える笑みを浮かべてウィベルは言う。それから、すっと真面目な顔をした。

急に改まって、どうしたのだろう。もしかして、なにかよくない話をされるのだろうか……

少し前まで胸を占めていた不安が、また押し寄せてくる。

するとウィベルは私の首にかかったペンダントの鎖《くさり》を指でなぞっていく。彼の指がうなじに掛かると、ぞくぞくっと震《ふる》えが走った。

「――セラは知らないようだが、このネックレスを贈ったのは俺だ」

「えっ……！」

リグロとの友好の証《あかし》にもらった物だとは知っていたけど、まさか――。衝撃を受けている私に、ウィベルは、ふ、と笑って私の頭を撫《な》でる。それから、ふたたび私を抱き寄せ顔を近付けると、唇と唇がわずかに掠《かす》めるような位置で止まった。どきどきと胸が高鳴り、逃げたいような泣きたいような、それでいて喜びに打ち震《ふる》えるような複雑な感情が一気に襲ってくる。


「エリクセラを俺のものにしたい」

呼吸が、止まるかと思った――

甘い痺《しび》れが心臓から全身に広がって、カッと頬が熱くなる。

信じられない思いで、二度、三度と頭の中で反芻《はんすう》してみたものの、それでもなかなか現実のものと受け入れられない。

目を白黒させる私に、まだ言葉が足りないと感じたらしいウィベルは、いったん体を離した。そうしてスッと体を屈ませたかと思うと、片膝《かたひざ》をついて私の手を取った。

「ずっと……ずっと、エリクセラがほしかった」

私の手を取り、甲に自《みずか》らの額を当てて一旦《いったん》言葉を切り、それからまっすぐ見つめてくる。

「愛してる。俺と結婚してくれ」

真正面からはっきりと言われ、疑いようのない事実だと、ようやく受け入れられた。

愛してる。

結婚してくれ。

短く、素直に気持ちが伝わるこの言葉に、私は胸の底から溢《あふ》れ出る気持ちを抑えることができない。その衝動は涙となって零《こぼ》れた。頬を伝い、ぼたぼたと床へ雨のように落ちていく。

「セ、セラ?」

私が突然泣き出したことに対し、ウィベルは狼狽《うろた》えた。恥ずかしくて顔を見られたくないから、私は彼に覆《おお》いかぶさるように抱きしめる。

「――たしも、です」

声が震《ふる》えてうまく言えなかったので、もう一度、と大きく息を吸った。

「私もです。私も、私も……好きです、好きです！　結婚、お受けします！」

口を開いたら、想いは止まらなかった。

「セラ！」

「えっ……きゃっ！」

次の瞬間、体が浮いて地面がぐんと遠ざかった。私に抱きしめられた状態でウィベルが立ち上がり、まるで荷物のように肩へと担《かつ》ぎ上げてしまったからだ。

「きゃあっ！　高い！　ちょっと、ウィベル、下ろして！」

手足をばたつかせても、頑丈《がんじょう》な体をしているウィベルはどこ吹く風で、なにかを探すように左右を見渡し、見つけた方向へ大股で歩き出す。

心なしか急《せ》くような様子に、もしかして刺客《しかく》がいる？　などあれこれ考えていたら、貧血が起こった時のような感覚がした。次の瞬間、ぼすん、と柔《やわ》らかなものに受け止められ、あ、ベッドに落とされた――と気付く。

どうやら、寝室を探し、ここに連れてくることが目的だったようだ。

「な、な、な……！」

なにするのよ！　と大声を出して抗議するため起き上がろうとしたら、それより早くウィベルが私の上に覆《おお》いかぶさってきた。そして、私の体を跨《また》いで逃げ出せないようにされてしまう。

「セラ」

石造りの冷たい壁に、ウィベルの声が響く。見上げると、端整な面立ちが青白い月の光に照らされた。

――美しい。

素直に浮かんだ言葉は、たった一言。ウィベルは照り付ける太陽の猛烈な光も似合うけれど、満月の青白い光の方がよく似合う。

ウィベルの群青色《ぐんじょういろ》の瞳には、呆《ほう》けたような私の姿が映っていた。どう見ても男に魅入《みい》られた女の顔をしていて、恥ずかしくて両手で顔を覆《おお》って顔を背《そむ》けた。

「どうして。セラ、こっちを向いて」

「やだ、見ないでください！」

「ちゃんと顔を見て話したいから」

真摯《しんし》な声でそう言われては、いくら恥ずかしいと思っても受け止めざるを得ない。熱くなった頬は、覆《おお》った手を外すと冷たい空気に触れて、少しだけ熱が引いた気がする。

話したいと言われて顔から手を外したら、その瞬間に距離を詰められた。ウィベルは私の額に、頬に、瞼《まぶた》に、鼻に、と顔中万遍なくキスの嵐を降らせた。そして私の耳元に顔を寄せると、耳たぶをきゅっと甘噛《あまが》みする。

「話とはな、――んんっ！」

ふ、と吐息が耳をくすぐり、私の下腹がきゅうっと収縮した。

「あ……あ、やめ……、ウィベル……んっ……」

「好きだよ、愛してる。足りなければ、何度でも言う。愛してる。今すぐ食べてしまいたい」

愛してるを連呼されて溺《おぼ》れてしまいそうになるけれど、それはなぜか体中に染み込んでいき、細胞のすべてがウィベルの愛に塗り替えられていく気がした。

乾いた私の心が、満たされていく。

逃げを打っていた体は、次第にウィベルの動きに応《こた》えるようになった。彼の後頭部に手を伸ばし、少し硬めの髪をゆっくりと撫《な》で、首筋へ指を滑《すべ》らせ、頬に添えた。

ウィベルも私の頬に手を添える。目を合わせた私たちは、どちらともなく緩く笑みを浮かべ、そして唇を重ねた。

唇の表皮だけを軽く合わせ、柔《やわ》らかさを確認するように何度も触れ合う。それから、ウィベルの熱い息遣いと共にぬめりけのある物が口中に侵入してきた。さっきは逃げまわっていた私だけど、今度は遠慮《えんりょ》がちに迎え入れる。

粘膜《ねんまく》と粘膜《ねんまく》を絡み合わせ、擦《こす》り合わせると、愛しさが込み上げてくる。

「……っ、ん……っ！」

徐々に体が熱くなり、物足りないものを感じていた。

より深く、愛し合いたい――

あの雷《かみなり》に撃ち抜かれたような、痛みとはまた違う強烈な刺激がほしい。

私はウィベルの頬に当てていた手を、そろそろと下降させる。シンプルなシャツのボタンを、上から一つ、また一つ、と外すと、彼が息を呑む気配がした。

「ウィベル……」

大胆な自分が恥ずかしくて涙が浮かび、じんわりと目元が熱くなる。でも、あの感覚を知ってしまった今、それがほしくて仕方がない。

「あの……」

なんと言って伝えようか。淫《みだ》らな行為をねだるのは羞恥《しゅうち》が先に立ち、言葉が続かない。

恥じらいと愛欲の狭間《はざま》で、ボタンを外す指先が揺れて止まる。

「セラ、言って」

「え……」

「セラの言葉で望みを」

脱がせば流れでなんとかなるかな、と思ったけど、ウィベルは容赦《ようしゃ》なかった。誤魔化《ごまか》さず、言葉で示せというのだ。

私は、覚悟を決めて素直な気持ちを込める。

「私を好きだという気持ちを、目一杯感じさせてほしいです」

ウィベルは軽く目を瞠《みは》り、次いでくっくっくっ、と肩を震わせて笑った。

「ああ、わかった。三日は足腰立たないほど、だな」

「えっ!?」

私は〝気持ちを〟感じさせてほしいと言ったつもりなのに！

がっつりヤりたいと誤解させたと思い「違います！」と抗議すると、「そうか？」と口を歪《ゆが》める。

「抱き潰《つぶ》したいほど好きなんだ。その気持ちを受け取ってくれ」

ひっ！

だいたいここは私の部屋で、明日ウィベルは私の父様と会う約束をしていたはず。そこには当然、私も同席することになると思うのだけど、翌朝起きられなかったら家族になんと思われるか……！

「――と言っても、明日起きられないのは困るな。では、潰《つぶ》さない程度に」

私の表情を読んだらしく、ウィベルは譲歩《じょうほ》したようだけど、ちょっと待ってほしい。呆然《ぼうぜん》としていたら胸元をすうっと冷たい空気が撫《な》でた。

ぼんやりとしている間に、ウィベルは私の夜着のリボンを素早く解《ほど》き、あっけなく素肌をあらわにされた。一応その下に胸と下腹部を隠す布地があるため、すべてを晒《さら》したわけではないけれど……

「どうしてあの下着じゃないんだ！」

あからさまにガッカリされた。どうやら、リグロにいた時と同様に、夜着の下に誘惑下着を着けていることを期待していたようだ。

「そ、そりゃそうですよ！　ウィベルの私室にいた時は、着替えがなくて着けていましたが……日常着ける物じゃありません！」

「そこは空気読め」

「夜這《よば》いされるかもしれないと⁉　無茶言わないでください！」

ベッドの上で、半裸に剥《む》かれたままギャアギャア言い合うこと数分。どう考えてもこんな格好で言う場面ではないと気付き、なぜか笑いが込み上げてしまった。

「ふ……、あ、あははっ！　ちょ、ちょっと待ってくださいよ……ふふっ……私たち、なんでこんな言い合いをしているんでしょうかね」

ウィベルもハッと我に返り、つられて笑い出した。

「ふはっ、なんだこの状況は」

肩を揺らし、二人で涙が滲《にじ》むほど笑い合う。そうしたら、なんだか胸がぽっと温かくなり、すごく……幸せだな、という気持ちで満たされた。

「……なあセラ。俺はお前がいい、と思った理由わかるか？」

胸元にそろりと夜着を掻《か》き集めながら、「私が言うのもおこがましいのですが……一目惚《ひとめぼ》れ……と言われた気がします」と答えた。

使節団でル・ボランに来た時、聞き間違いでなければ私に一目惚《ひとめぼ》れをしたと、ついさっき言っていた。それも三年前に。でも、どういうところがよくて一目惚《ひとめぼ》れだったのかとか、そのあたりの詳細はそういえば聞いていなかった。

「どうして私に……」

ルティエルは普段からそういう場に出ないから、会う機会がなかったかもしれないが、姉様たちには会っているはずだ。美しい姉様たちをよそに、私に一目惚《ひとめぼ》れをするなど信じがたい。

するとウィベルは「ククク……」と笑いをかみ殺しながら言った。

「セラは朝、いつも岸壁に立って願いを捧《ささ》げているだろう？　俺はあれをたまたま目にしたことがある。それは神が降り立ったと見紛《みまご》うほど美しく輝いていて……胸を鷲掴《わしづか》みにされた」

見てたんですか……。私は体の弱いルティエルのために、毎日朝日に祈りを捧《ささ》げにいく。だから、それを見られたのがいつなのかは見当もつかない。なんとなく気恥ずかしくて頬が熱くなる。

「だから、俺はお前を望んだ。それから、もう一つ理由がある」

「も、もう一つ⁉」

「それは、俺とこうやって臆《おく》せず会話ができることだ」

「……えっ？」

意外な理由に、私は思わず声が裏返る。

「このル・ボラン大公国では……民衆と国の距離が大変近く、軽い冗談を叩き合えるほどだ。しかし、リグロ王国ではそうはいかん。それなりに体面を保つために、格式ばった行事ばかりあり、身の危険も多いから気の置けない友人を傍に置くことも不可能になった……だから、セラがこうして俺と対等に話してくれるのが、すごく心地よかったのだ」

そう言いながらウィベルは、私がリグロの城内に忍び込み、中庭で捕らえられた時にできた腰の痣《あざ》を撫《な》でた。

しかしその手つきはどこまでも妖《あや》しく、疼《うず》きが体に広がった。

「んっ……、大国の王子に不敬なことをして……、申し訳な、いです……っ！」

立場を弁《わきま》えない言動を詫びたいのに、その殿下の悪戯《いたずら》な手は止まらない。それどころか、むしろ次第に大胆になってくる。体の上に跨《また》がっているウィベルは、せっかく胸元に掻《か》き集めた私の夜着を、左右にがばりと開いた。

「ひゃっ！」

飾り気のない胸を覆《おお》うだけの下着が晒《さら》される。乳房を見られたわけではないと頭で理解はしているけれど、恥ずかしいものは恥ずかしく、どうしようもない。

とっさに隠そうとしたら、両手首をウィベルの大きな掌《てのひら》で頭上にまとめられて、動けなくなってしまった。そこでふたたび私の胸元に視線を落とし、じろじろとねめつけたと思ったら、はあ……と、がっかりしながら溜息をつく。

「……残念だ」

二度目だ！

よっぽどあの誘惑下着が気に入っていたのか、私の実用一辺倒な下着をつまらなそうに見て唸《うな》る。

「セラ、頼みがあ——」

「ま、毎日は嫌です！」

絶対これは『普段から誘惑下着を着てほしい』と望まれるに違いない。先手を打って断ると、

「では毎日でなければ構わないということだな」と揚げ足を取り、顔を私の胸に埋《うず》めた。

「ちょ、あのっ……あっ！」

布越しにウィベルの唇が当たる。一枚隔てていても、唇の熱さは十分に伝わってくる。そして、彼の唇が布と肌の境目に触れた時、ふっと息がかかって寒気にも似た震《ふる》えが背筋を駆《か》け上がった。

ウィベルの左手は私の両手首をまとめていて、もう片方は私の腰のあたりを撫《な》でつけている。

「ウィベル……あの……」

「どうした？　今さらやめるなんてできない相談だぞ」

声をかけた私に水を差されたと思ったのか、ウィベルは怪訝《けげん》な表情を浮かべる。

「いえ、あの……違うんです。私、逃げませんから」

「たとえその気があっても逃がすつもりはないが」

「そ、そういう意味ではなく……手を離してほしくて」

もぞもぞと頭上に置かれた手を動かしてみせると、ようやく私の望みに気付いたようだ。すぐに手を解放してくれたので、私は自由になった手をウィベルの背中にまわした。

「……すまん。無意識にお前がどこかへ行ってしまわないようにと……」

「私はもう逃げませんよ。あなたの傍にいて、あなたを愛し続けます……ずっと」

愛しい気持ちを込めて掌《てのひら》に力を込めたら、ウィベルの瞳にじわりと熱がこもる。そして、目の端にキラリとなにかが光った気がしたけれど、私が瞬《まばた》きしている間に消えてしまった。

「セラ……ありがとう。俺を好きになってくれて。……俺は何度お前に惚れるのかわからないな」

ふ、と相好《そうごう》を崩したウィベルは、私の頬に口付けを落とす。そうして私の胸元にあるペンダントに触れた。

私はこれを、もらって以来、肌身離さずにいた。

リグロに潜入した時、心細い私の心を癒してくれたのは、このペンダントだ。まさかこれが、ウィベルから贈られたものだったなんて。彼と自分との間に、運命的なものがあるように感じられて嬉しい。

「は……っ、……」

私が感慨《かんがい》に耽《ふけ》っている間も、ウィベルの手は止まらない。大きくて、硬くて、少しだけざらざらした掌《てのひら》が素肌の上を滑《すべ》る。

私はただ熱を帯びた呼吸を、浅く繰り返すことしかできない。ウィベルの手つきは、私の体をいとも簡単に乱れさせていく。彼の手が私の胸を隠す布を一気に上に引き上げると、解放された私の双丘がふるんと揺れた。

ウィベルは私の体を足で挟み直して体勢を整えると、獲物をゆっくりと捕食する肉食獣のように瞳に歓喜《かんき》の炎を燃やした。

それから左胸に手を当て、ウィベルは形を確かめるようにゆっくりと動かす。私の心臓は、ドクンドクンと激しく脈打っている。きっと触れられている掌《てのひら》にも、私の鼓動が伝わっているだろう。

私もそっと手を彼の胸に当てると、私と同じくらい早鐘を打つ心臓の音がして、頬が熱くなる。

今から私たちが行《おこな》おうとしているのは、男と女の生々しい性の衝動だけれど、決してそれだけではない。奥深くで繋《つな》がるのは、素の気持ちをさらけ出す行為でもある。

私が唯一《ゆいいつ》、あるがままの姿を晒《さら》せる相手――心から愛した男性だ。

この人が傍にいるのなら、私はどんなことにでも立ち向かえる。

一緒にいたい。ずっと、いたい。全身全霊で、愛したい。

「ウィベルダッド・リグロ殿下……」

改めて名前を呼ぶと、見上げた先に見える愛しい相手は、ふっと相好《そうごう》を崩して顔を寄せ、覆《おお》いかぶさるようにして唇を重ねた。そして互いの唇の柔《やわ》らかさを堪能《たんのう》してから、ねっとりと舌を絡める。

すっかり受け入れることに慣れてしまった私は、それに応《こた》えていく。

「ふ……っ、あ、ん……」

私の胸を覆《おお》っていた手が、柔《やわ》らかさを楽しむようにゆっくりと動き、先端を指で優しくなぞり、きゅっと摘《つ》まみ上げた。

「きゃ……あっ！」

びりっと痺《しび》れるような快感に、体が跳ねる。彼はそれに気をよくしたのか、胸の尖りを捏《こ》ねたり摘《つ》まんだりと悪戯《いたずら》する。その度に私は反応し、翻弄《ほんろう》されていく。

「あ、あっ、んっ……んぅっ……」

息が苦しくなるほど喘がされ、だんだん苦しくなってきた。唇が重ねたままではうまく息が吸えず、キツい。

頭がぼうっとしてきた頃、ウィベルはようやくキスから解放してくれた。そのかわり、唇は私の胸の膨《ふく》らみへと移動する。

ぱく、と胸の先端ごと食《は》まれると、火傷《やけど》しそうに熱く感じ、直後ぞくぞくと震《ふる》えが全身を襲う。

「やっ、あ、あ、あっ、あっ……！」

硬くしこる先端を舌先でコロコロと転がされ、膨《ふく》らみを手で丹念に揉《も》まれ、喘ぐ声が堪《こら》えきれない。

すると、ウィベルはなにを思ったか、ころりと私の体をうつぶせにした。えっ、と困惑《こんわく》したのも束の間、うなじあたりにふっと吐息がかかる。

「きゃっ……！」

耳に触れるか触れないかのところで息を吹きかけられ、心臓が跳ね上がった。私の髪を指で梳《す》き片側に流すと、あらわになった首筋に唇を寄せる。

「綺麗だ」

口の動きが肌に伝わり、胸が苦しくなった。それから彼は、ちろちろと舌を這《は》わせ、背筋に沿って下り始める。

「んっ！」

伝った唾液の跡が冷たくて、ぞくぞくと体が戦慄《わなな》いた。ウィベルは私の背中を苛《いじ》めながら胸にも手を伸ばして、感触を楽しむように揉《も》みしだく。背中と胸の同時攻撃に、たまらず降参と叫び出したくなってしまった。もう、気持ちがはち切れんばかりで苦しい。

そんな私に構わず、ウィベルは私のお尻を大きく撫《な》でまわしてから、私の腰あたりを引き上げた。お尻を彼に向かって突き出すような格好になり、いくらなんでも恥ずかしすぎると上体を起こそうとした。その途端、ぬるっという感触が秘部に伝わり、息が止まった。

「濡れている……そうか、気持ちいいのだな」

こちらも日常使いの、至って素朴な下着の隙間から、ウィベルは指を滑《すべ》り込ませていた。薄めの恥毛を掻《か》き分けて、秘裂に指が当てられると、そこは湿り気どころか明らかに粘液で溢《あふ》れている。

ほんの少し指を潜《もぐ》らせただけで、ぐちゅ、とぬかるむ音がして、羞恥《しゅうち》で胸が苦しい。

ただ指でなぞるだけならまだしも、くぷくぷと浅く秘壺に何度も指を潜《もぐ》らせてくる。そのたびに喉の奥からくぐもった悲鳴《ひめい》が零《こぼ》れた。

「脱がせるぞ」

聞いたくせに私の返事を待たず、ウィベルは私の下穿《したば》きをつるりと脱がせた。もはや頭が麻痺《まひ》している私は、されるがままだ。

しかし、しばらくして我に返り、慌てて手をお尻のほうにまわしたら、ザラッとした感触に触れた。

これは、髪の毛……？

と思った瞬間、びくんっ、と自分の体が大きく跳ねた。その原因は、間違いなくウィベルだ。私の秘裂を、ウィベルが舌でベロンと舐《な》める。

「や、やっ！　んっ、やめ……ああっ、あんっ、あっ！」

なんとか逃れようとするものの、四《よ》つん這《ば》い状態で足をウィベルにがっちりと固定されているので叶わない。そもそも隙をついて逃げられるような相手ではない。

「ああ……溢《あふ》れてきたね。もっとしてほしいというおねだりか？」

「そ……んな、んっ、わけ、あ……あるわけな……いです、んんっ！」

抗議の声すらまともに上げられないほどの刺激が襲ってくる。剥《む》き出しになった蜜口を、ざらついた舌が執拗《しつよう》に舐《な》めまわし、どうにかなってしまいそうなほど意識が乱れた。

「やめっ……んっ、あっ、やめてっ……ひあっ……！」

どんなことをされているのか背後にいるため目で追えない。そのせいか、触覚がより敏感《びんかん》になり刺激が鮮明に伝わってくるため、息も絶え絶えだ。

——今すぐやめてほしい。けれど、やめてほしくない。もし中断されてしまったら、私はこの高まった熱をどうしたらいいのか……自分ではどうすることもできない。

「そこ……だめぇ……」

弱々しく上げた声は、逆にウィベルのなにかを刺激したらしい。

「もっと啼《な》かせたいな」

溢《あふ》れ出るぬかるみに吐息を掛けられ、「やあっ！」と背が反《そ》った。

なんという意地悪な人なのだろう。しかし惚れた弱みというか、そんな言葉を掛けられても、むしろ喜びのような感情が浮かんできてしまい、もう降参するしかない。

ウィベルの指が、私のはしたなく零《こぼ》した粘液を絡めとり、ぬるぬると幾度か秘裂に沿って往復してから、つぷ、とゆっくり挿し込まれた。

「んっ……！」

たった指一本。それなのに、この質量ですらお腹が一杯になる。ウィベルの太くて長い男らしい指が、私のぬかるみに侵入していく。彼の指が止まるまで息を詰めていた私は、動きを止めたのを待って、そろそろと吐いた。

「痛くはないか」

気遣って声を掛けられたけれど、呼吸すらままならない私は答えられずにいる。それでなくとも、一番隠しておきたい秘所を晒《さら》し、そこを容赦《ようしゃ》なく蹂躙《じゅうりん》されているのだ。なんと言っていいのかわからずに黙り込んだ。それをどう受け取ったのか、ウィベルは指を緩慢《かんまん》に動かす。

「っ……！　んっ、んっ……」

びくん、と背中が跳ねる。私のそこは、侵入するその指の形や太さをはっきりと捉《とら》えていた。指一本ですでに苦しく、ぐちゅぐちゅという卑猥《ひわい》な音が鼓膜《こまく》に響いて、恥ずかしさに身悶《みもだ》えた。

それだけでも辛いのに指を増やされ、内側を引っ掻《か》かれ、さらに敏感《びんかん》な芽を唇で食《は》まれた。

「そこ……だめ……！　や、あああっ！」

前にここを弄《いじ》られた時、私は限界を超えてしまった。その箇所をふたたび攻められ、胸の奥がざわりとする。ここは私の弱点だ。愛撫《あいぶ》されたら一気に追い上げられてしまう。

ダメだ、また、あの、感覚が——き、た！

「あっ、ああ、あああああっ!!」

はじけ飛ぶような刺激が全身を貫《つらぬ》き、頭の中が真っ白になる。

体中の血が巡る音が、ごうごうと耳元でうるさい。悲鳴《ひめい》と共にぴんと爪先《つまさき》がつっぱり、それからぱたりとシーツに崩れ落ちた。

私、イ……ッ、た？

は、は、と短い呼吸を繰り返しながら、ぼんやりと今の状況を考える。これは、以前味わった感覚と一緒だ。頭の中が限界を超えて破裂するような……

思考回路が散漫で、自分の気持ちを取りまとめようとしても無理だった。

まだ子宮のあたりが小さく戦慄《わなな》き、気だるい余韻《よいん》が体中に広がっている。しかし、そこで終わるわけがなかった。

さんざん意地悪をされた蜜口へ、ぐっと張りつめたものが押し付けられる。

「あっ！　ん、やあっ……！」

体が重くて、すぐに反応できない。しばらくして、なにをされたのか理解した時には、圧倒的な質量が自分のそこを強引に押し広げていた。一度通じた道は、意外なほど容易《たやす》くウィベル自身を受け入れる。

ウィベルは、初めての時のように探るような動きではなく、ずんっ、と一気に最奥まで貫《つらぬ》いた。

「ふ、ああっ！」

疼痛《とうつう》が頭を直撃した。私が背を反《そ》らすと、背後にいるウィベルは、私のお尻を鷲掴《わしづか》みにして、くぐもった声を上げた。

「……っ、く……。セラ、そんなに締めるな」

そんなこと言われたって、どうしようもない。締めている自覚もないし、緩める方法もわからないのだ。

ウィベルは、ゆっくりと剛直を引き、抜けてしまうギリギリのところでふたたび奥を突く。緩慢《かんまん》な動きは焦《じ》らすかのようで、体の奥が切なく疼《うず》いた。

ぐちゅん、ぐちゅん、と粘つくような水音が、恥じらう私の心を犯していく。

「ん、んっ、ふ……ん、あ、あっ……あっ……」

ウィベルの形に合わせて押し広げられたそこは、擦《こす》られるたびに粘液を溢《あふ》れさせる。それは、とろりと内腿《うちもも》を伝ってシーツに染みた。

しばらくの間、とん、とん、と気遣うように奥を突いていたウィベルの男茎が、徐々に速度を増し、容赦《ようしゃ》なく突き上げる。私は、叫んだらいいのか啼《な》いたらいいのかわからず混乱したまま、必死にシーツを掴《つか》んで堪《こら》えた。

ぱちゅ、ぱちゅ、と肉の当たる音がして生々しく性を感じ、そんな欲に溺《おぼ》れている今の自分はどうかしてると思う。だけど、剥《む》き出しの感情でウィベルと性行為をするのは、すべてを晒《さら》してもいい、すべてを受け入れてほしい、すべてを受け止めたい——と伝えることと同じだ。

「ああっ、あんっ、あっ、んっ、ん！」

泣きすぎて目頭が熱く、喉も痛い。けれど、ねじ込むように狭い膣道を擦《こす》られ、意思とは裏腹に、もっと、もっと、と腰が勝手に揺れてしまう。

「セラの顔、見たい」

ウィベルは腰の動きを止めると、繋《つな》がったまま私の片足を持ち上げて、ころりと仰向《あおむ》けにさせた。

う……わ……。

こんな時に見惚れるのもおかしなものだけど、私はウィベルの姿にドキリと胸を高鳴らせる。

いつもは真ん中で分けた前髪をうしろにザッと流しているけれど、今は幾筋《いくすじ》かおでこに下りていて、少し若く見えた。額には汗が浮かび、意志の強そうな眉で止まる。私をまっすぐに見下ろす瞳は嘘偽《いつわ》りなく澄《す》んで見え、鼻筋はすっと通り、唇はきゅっと引き締まっている。

鍛えた体は逞《たくま》しく、首は太く、肩の筋肉もこんもりと盛り上がっていた。

——ああ、私はこの人と番《つがい》になるために生まれてきたんだ。

胸の中に落ちてきた番《つがい》という言葉が、すとんと納まった。この人と出会えて、本当によかった。なんて幸せなのだろう。

霞《かすみ》がかった思考の中、私は両手を伸ばしてウィベルの首に絡めた。

「ウィベル……ウィベル……すき……」

熱に浮かされたように繰り返すと、彼は目を見開いた。——次の瞬間、猛《たけ》りがより膨張《ぼうちょう》し、ウィベルは私に覆《おお》いかぶさると、ガツガツと押し込んでくる。

「……っ！」

振り落とされないように必死にしがみ付き、そのはずみで爪がウィベルの肌を傷付けた。上下に激しく揺さぶられ、私の両胸は腰の律動《りつどう》と同じ拍子《ひょうし》を刻む。

「あっ！　んっ、んっ、んっ、んんっ！」

肌がぶつかる音が加速していき、全神経が天に駆《か》け上がっていく。激しく打ち鳴らす心臓の鼓動が、終着点に向かって拍車をかけた。

——あ……また、イッちゃ、う……！

「やっ、んっ！　んっ、ウィベル……！　だ……っ、だめ、えっ!!」

ガクン！　と大きく身震いしたかと思うと、小刻みな震《ふる》えがさざ波のように全身に広がる。私のナカが、きゅうっとウィベルのそれを締めるのを感じた。

「……くっ！」

ウィベルの呻《うめ》くような声と同時に、私の体の一番深いところで、なにかが爆《は》ぜる。

どく、どく……

彼自身も果て、私の中に精を放った。愛と欲情の証《あかし》を受け入れる喜びをかみしめながら、私はそっと瞼《まぶた》を閉じる。すると、急激に頭の中に靄《もや》がかかった。

朦朧《もうろう》とする意識の中、自分自身がとても満たされていることに幸せを感じ、口の端が自然と弧を描く。

「……セラ？」

ウィベルが私になにか問いかけているのはわかる。でも、口を開くことはもちろん、もう指一本動かす力さえない。

全身全霊で愛情を確かめた私は、トロトロと眠りの世界に呑み込まれてった。

＊　＊　＊

「ようこそ、ル・ボランへ。ウィベルダッド王子、さあこちらへ」

父様が、朝の太陽に負けないくらいの明るさで、私室にやってきた私とウィベルを出迎えてくれた。そして腰を下ろしてじっくりと話そうと、ソファに案内してくれる。私は自然とウィベルの隣に座った。すると、父様と、それに続いて座った母様が、顔を見合わせて微笑んだ。なにかおかしいことでもあったのかな、と首をかしげている間に、きょうだいも集まってくる。

といっても、長兄のエイブラ兄様、そして次兄のルフォード兄様だけだ。双子の姉様たちは出産間近なので、それぞれの嫁ぎ先に戻ったらしい。ルティエルの姿は見えないけれど、体に変調があったらきっと聞かされるだろうし、部屋でおとなしくしているのだろう。あとで様子を見にいかなくちゃ。

それぞれの前に、母様がカップを並べていく。身内ばかりの時は、こうやって母様が皆にお茶を淹《い》れてくれるのがお決まりだったけれど、隣に座るウィベルは恐縮しきりだ。兄様たちは、あとで飲むからといって、少し離れた暖炉《だんろ》の傍に二人で立ち、こちらを遠巻きに見ている。

「ところで――」

お茶を配っていた母様が席についたところで、父様が切り出した。

「王子がここに来た、ということは、すべてが整った、とみていいのだね？」

父様は、それまで温かな日差しのような笑みを浮かべていたのに、うってかわって厳しい目でウィベルを見た。

私は緊張してきて喉がからからに渇《かわ》く。

ウィベルは背筋を伸ばし、父様から目を逸《そ》らすことなく、ひたと見据《みす》えた。

「はい。ですから、いただきにまいりました」

「――そうか。わかった」

ふーっ、と父様は長い溜息を吐くと、隣に座る母様の手に手を重ね、いつもの穏やかな表情に戻る。そうして二人で頷《うなず》き合う。

その様子を目の当《ま》たりにしながら、一体何事かと首を捻《ひね》っていたら、なぜかウィベルも私の手を握《にぎ》り締め、私のほうに体を向けた。

「セラ、そういうことだ」

「どういうことですかっっ！」

まったく説明もなく結論だけ与えられても、はいそうですか、なんて言えるわけない。

「整ったとか、いただきにとか、なんのことかわかりません！　私に一から教えてください！」

噛《か》みつくように説明を求めると、ウィベルは「言わなかったか？」などととぼけ、より腹が立って仕方がない。

父様たちに助けを求めようと振り向けば、なぜか母様と二人で手を取り合って喜んでいた。

「あなた、エリクセラはすっかり気を許しているようですわ」

「ああ、よかった、よかった……うっ……」

「泣かないでくださいませ……私まで……っ……」

いやいやちょっと待ってよ。そこでなぜ歓喜《かんき》の涙を見せるんだ。

自分に関係のある大事な話がまとまったらしいのに、事情が一切わからない。

こういう時の頼みの綱は、やはり――

「エイブラ兄様、どういうことなの！」

長兄である彼に呼び掛けると、父様と母様になにやら目配せしている。

「父上、母上、もう話していいですね？」

二人が頷いたのを確認してから、溜息を一つ吐いて話し出した。

「そうですね……。なにから話しましょうか」

「最初から順序立てて！」

エイブラ兄様はしばらく黙り込み、言うことがまとまったのか、ゆったりと口を開く。昔からマイペースな人なので急《せ》かしてもどうにもならないとわかっているのに、ひどくもどかしく思う。

「では、最初から。まず、レイモンの要求は『一番下の娘をよこせ』ということでしたね。それを聞いたエリクセラは即座にルティエルのことだと悩んでいましたが、実はあれは――エリセのことです」

「え、わ、私⁉」

思いもよらないところから矢が飛んできた。驚きで声が裏返り、無自覚に隣のウィベルの腕に縋《すが》った。だって、一番の末子といったらルティエルしかいない。

「は？　なんでだよ、ルティエルに決まってるだろ。なに寝ぼけたこと言ってんだ」

ルフォード兄様も初耳らしく、怪訝《けげん》な表情で兄様に問うけれど、ほかの三人は至って真面目な顔だ。こんなこと、冗談で言えるはずがない。

「その点に関しては私が言おう。大事な家族の話だからね」

父様が、エイブラ兄さんに代わって言葉を引き継ぐ。

「お前たちも知っての通り、ルティエルは体が弱い。それこそ、産まれた直後から『この子は一年も生きられない』と言われていたんだよ。……私たちはそれを聞いて、できうる限りのことをしようと家族で話し合ったね。覚えているな？」

エイブラ兄様とルフォード兄様は深く頷く。当時四歳だった私も、ぼんやりと薄い記憶だけど、なんとなく覚えている。産まれてくるのを指折り数えて待ち望んだ妹が、すぐにいなくなってしまうなんて嫌だ。だから私は、その恐怖心を振り払うためになにかに縋《すが》らずにはいられず、日の出の時に祈りを捧げるようになった。

「私たち夫婦から生まれた以上、子供たちも公務を果たさなければならない。しかし、ルティエルにはその体力がない。加えて、抵抗する力も乏《とぼ》しいから、有事には様々な危険性がある。かと言って、ルティエルと一緒に暮らさないという選択肢は頭になかった。私たちの大切な家族だから当たり前だが。そこで――存在を秘密にすることにしたんだ」

だから、家系図にも記さず、誕生祭も行《おこな》わなかった、と父様は静かに言った。

妹が生まれてから今までの思い出が頭の中を駆け巡る。形式上いないことになっているとしても、ルティエルは私の妹、という気持ちは一切ぶれることはなかった。

そういう理由があってレイモンは……

「本当は、私が狙われていたのね……」

「ああそうだ。エリセをよこすようにと……。しかしお前がこのことを知ったら、国のためにレイモンへ嫁ぐと言い出しかねないと思っていた」

実際に私は、望まれてもいないのにルティエルの代わりに志願すると息巻いていた。父様の読みの鋭さに感心していたら、エイブラ兄様が少しだけ口元を緩める。

「だから私と父上は、エリセの勘違いをあえて正さず、問題が解決するまで、この国から安全な場所に移す方法を考えました。それが、エリセにリグロへ行く任務を与えた理由です」

——確かに、家族会議が行《おこな》われた時のことを思い返してみると、『一番下の娘』という言い方をしていた気がする。それを私がルティエルと思い込んで……

ここまで自分の考えを読まれていて、結局私はただ家族に守られていただけなのかと思うと少しショックだ。とはいえ、皆が私のことを心配してくれていたことには違いないので、ありがたくも思う。

私が複雑な気持ちを抱えていたら、エイブラ兄様はさらに続ける。

「それにしても、エリセが本当に王子に書状を渡せるとは思っていませんでしたよ。元々、リグロには父様が話をしに行く予定になっていましたが、諸々の手続きが整うより早く、エリセが王子のところに辿《たど》り着いたと連絡を受けて驚きました」

すると隣で、ルフォード兄様も深く頷《うなず》いている。

トゥーケイとカジャに行っていた兄様たちにはコウロのいるイヤル商会の協力のお陰で連絡がいったらしい。

「そうそう、俺もリグロが受け入れてくれたという知らせを受けて、トゥーケイからとんぼ返りさ。お前、意外とやるな」

えーー！　私は端《はな》から、戦力として考えられていなかったってこと？　でも冷静に考えたら、四番目の姫なんて微妙な立場の私を、一番有力な候補国に行かせるのは違和感がある。

「じゃあ、私が持っていった書状にはなにが書かれていたの!?」

届けて問題のあることは書かれていないだろうけど、急に気になってきた。

「セラ、これを読んでみろ」

父様たちのやりとりを黙って聞いていたウィベルが、懐《ふところ》から取り出したものを私によこした。

「しょ……じょう？」

それは、私が父様から預かり、リグロの王太子に渡してくれと頼まれた書状だった。中身を読んでいない私は、父様とウィベルの間で、どのようなやりとりをしたのかまったくわからなかった。

当然気にはなってはいたけど、私が首を突っ込んではいけない気がして。

了承を得たので受け取ると、たった一枚の紙なのになぜか重く感じ、ごくりと喉を鳴らした。

ここで私が読むことを望まれているなら……と、意を決して開く。

そこには――

「え！　なんだよこれ」

いつの間にか私のうしろにまわって手紙を見ていたルフォード兄様が声を上げた。それから、怒りに任せて、ダンッ、と自分のうしろにある壁を殴りつける。

「リグロにうしろ盾《だて》となってもらう見返りとして、エリセを差し出した、ってことかよ。それじゃ、ルティエルをほしがるレイモンと変わらないじゃないか！」

書状は、ル・ボラン大公国はリグロ王国への併合を望む、という書き出しだった。次いで、『これを受け入れ、国民の生活を保障してもらえるならば、ル・ボランの星の採掘権《さいくつけん》をリグロに渡す。また、レイモンとの件が落ち着くまでウィベルダッド王子にエリクセラを預かってほしい』とも記されている。

ルフォード兄様が激昂《げきこう》しているのはその次、『なお、場合によってはそのまま、エリクセラをウィベルダッド王子のもとへ嫁がせる覚悟だ』という部分だろう。

「お前は、きちんと最後まで読め！」

エイブラ兄様は、拳骨《げんこつ》でルフォード兄様を黙らせた。ルフォード兄様は、渋々といった様子でその先の文字を追う。

「なになに……『ただしそれは、エリクセラがそちらの国にいる間に、その気になった場合に限らせてほしい』？」

情報が多すぎて、一度には処理しきれない。混乱しつつもウィベルのほうを見たら、なぜか知らんぷりをされてしまった。私はますます意味がわからなくなって、家族の顔を見まわす。するとようやく、父様が重々しく口を開いた。

「レイモンに宣戦布告され、周辺国に救いを求めることに決まったのは承知しているな。その中の一国にリグロがあったわけだが……私も、そしてエイブラも、きっとリグロが手を差し伸べてくれるだろうと、あたりをつけていた」

——えっ、エイブラ兄様も!?　驚きながらエイブラ兄様のほうを向くと、したり顔でこちらを見ている。その隣でルフォード兄様は驚いた顔をしているから、きっと知らなかったのだろう。

「リグロが助けてくれるだろうって……どうして？」

「ル・ボランの星が採れるようになったことは大きいですね。希少価値が高いので、その一切の権利を渡すというのは条件として悪くないはず。もちろん国民の生活を守ると約束してもらえなければ渡せないですが」

私の隣で聞いているウィベルも、無言で頷《うなず》いている。なるほど、同じ採掘権《さいくつけん》を譲るなら、リグロとの条件のほうがずっといい。私も納得していたら、それを見た父様が続きを話し始めた。

「あと……私には、ひとつの確信があった。リグロの使節団に交じり、その後もたびたび隊商の一員として我が国を訪れるウィベルダッド王子が――」

父様はいったん言葉を区切り、ふたたびウィベルを見た。

「父上、もったいつけずに早く言ってください！」

焦《じ》れたルフォード兄様が声を荒らげたところ、話を引き継いだのはエイブラ兄様だ。

「エリセのことをいつも気にしている、と」

「……はぁっ⁉」

ルフォード兄様が素《す》っ頓狂《とんきょう》な声を上げたすぐ傍で、私も驚きすぎて固まっていた。

……ええと、それはつまり…………つまり⁉

呆然《ぼうぜん》自失な状態からはかろうじて立ち直り、隣に座るウィベルを見上げる。するとウィベルは若干《じゃっかん》気まずそうにしながらも、「だから、一目惚《ひとめぼ》れと言っただろ」と小さな声で呟《つぶや》いた。

そう言われても、まだすべての事情が呑み込めず、私は口をパクパクさせることしかできない。

すると父様がひとつ咳払《せきばら》いした。

「併合の交渉材料としてだけで娘を差し出すつもりはなかったが、もしエリセもその気になるのなら……その時は我が国ともどもウィベルダッド王子に託したいと考えたのは事実だ。ウィベルダッド王子も……その、娘を気に入っているようだったし」

父様が少し言いにくそうに語尾を濁《にご》したところ、エイブラ兄様は優雅《ゆうが》にお茶を啜《すす》りながら話しだす。

「ル・ボランを訪れた時、ウィベルダッド王子は常にエリセの動向を気にしていましたからね。いつもエリセの好きそうな贈り物やお菓子を持ってきてくださるのに、当の本人はまったく気付かず大して顔も合わせなかったですけど」

大国リグロの王太子を前にしても、まったく臆《おく》さないエイブラ兄様は大物だ。ウィベルはそんな小さなことで怒るような人ではないけれど、ちょっと心配になって彼を窺《うかが》った。

「俺にとっては渡りに舟の申し出だった。ル・ボランの星には大変魅力があるし、それに、セラを振り向かせることができれば親公認の結婚ができる……引き受けないわけがないだろう？」

——やっぱり。エイブラ兄様の不敬なんて、まったく気にしてない様子だ。

それどころか、これから妻となる相手の親きょうだいを前にして、こんなことを言ってのけるなんて、本当に只者《ただもの》じゃない。

なぜか胸を張って言ったウィベルに対し、エイブラ兄様は小さく溜息を零《こぼ》す。

「万が一、併合を受け入れてもらえなかったとしても、一時的になら預かってくれるはずと踏んでエリセをリグロに送り込みましたが、すべてが丸く収まったようですね」

にっこり穏やかな笑みを浮かべてそう言ったけれど——ちょっと待って！

「え!? 私って、併合をお願いする書状を届けるためにリグロに送り込まれたんじゃ……」

「もちろん、それも目的の一つでしたが、一番はエリセが無茶をしないよう足止めをしてもらうことです」

だからウィベルは、私を私室に軟禁《なんきん》状態にしていたの——？ 少しは外に出させてくれたけど、あまり出歩くなと言われていた理由がわかり、少しだけ腑《ふ》に落ちた。

「確かにエリセは、レイモンからの書状が届いた時、放っておけば単身乗り込んでいきかねない勢いだったからな」

ルフォード兄様が、ぷぷっと噴《ふ》き出しながら言うけれど、自分だって同じように熱くなっていたじゃない！

「……じゃ、じゃあさっき言っていた『すべてが整ったから、いただきにきた』っていうのはどういうこと⁉」

この際だから、全部聞いておこう。これ以上隠し事をされたままなのは嫌だ。

「あー、つまりそれは、セラを振り向かせることができたら、結婚のご挨拶《あいさつ》に行くことになっていた、ということだ」

がりがりと頭を掻《か》きながら言うウィベルは、ちょっと気まずそうだ。私は最初、なんでそんな表情をするのかわからなかったけれど、しばらくして思い至る。

レイモンの夜襲をかわした直後、私の両親に挨拶《あいさつ》に行くと言われたけれど、あの時はまだ……

「約三日野山を駆《か》けて、危険を知らせに来てくれたんだ。あの時俺は、セラも憎《にく》からず思ってくれていると確信した。一刻も早くセラを自分のものにしたかったし、一か八かル・ボランに来てみたが……今日、この日を迎えるまでにお互いの気持ちを確かめられたし、ああよかったよかった」

私から顔を背けたくせに、私にだけ聞こえるように棒読みで言っているのは、やましいことをした自覚があるからだろう。最初からきちんと教えてくれていたら、私だってもっと違った振る舞いができたのに。そう不満を口にしたら――

「色眼鏡をかけずに、俺自身を見て、好きになってほしかった」

そう言われてしまい、返す言葉が見つからない。

――特殊な事情で出会い、私は恋に落ちた。でも、そのことを恨《うら》んだり責めたりする気持ちはない。父様も、エイブラ兄様も、そしてウィベルも、こんな状況下でも私の気持ちを尊重してくれた。私の恋心が育つのを、待っていてくれたのだ。

……でも、待って。

「ウィベルは、私がリグロの王城に忍び込んだ時にはすでに私のことを――」

おそるおそる隣に座る彼に尋ねると、じっと私を見下ろしながら、ゆっくりと頷《うなず》く。と、いうことは――

誘惑下着を着けたり、催淫《さいいん》効果のある煙を吸ってあんなことやこんなことをねだったりした私のことを、ウィベルはその時、好きだったということで……！

彼はどんな気持ちで、あれらのことをする私を見ていたのだろう。居《い》た堪《たま》れなくて、穴でも掘って埋まりたくなった。

しかし、隣で悶絶《もんぜつ》する私をよそに、ウィベルは父様をまっすぐに見据《みす》えていた。

「エリクセラは私が命を懸《か》けて愛します。すでに結婚する予定の者がいると聞いていますが、どうしても諦《あきら》めたくありません。……結婚のお許しをいただけますか」

今の話の流れから、とっくに合意は得ていると思うのに、あえて一人の男として父様と向き合うその姿に、私の胸はじわっと熱くなった。

父様はそれをまっすぐに受け取り、そして母様と顔を見合わせ、そしてこう言った。

「相手方とは正式に話がまとまっていたわけではないから、気にする必要はない。――だから君との結婚を認めよう。ただし結婚は併合の調印が済んでからだ。……これは父親としての頼みだが、エリセをなるべく早く迎えに来てやってくれ」


――今後の話を聞いたところ、ル・ボラン大公国はリグロ王国の一部にはなるけれど、ル・ボランの地はそのまま父様が治めるようだ。つまり、今までとほとんど変わらない日常が戻ってくることになる。それどころかリグロの一部となることで、物資の流通が盛んになり、生活は今より豊かになるとエイブラ兄様は言っていた。

一般市民の往来も可能だけれど、自然環境の厳しさからそれほど活発にはならないだろう。

こちらに通い慣れたいつもの隊商は、もう少し訪問の回数を増やすことにしたらしい。

レイモンについても、今後彼らがなにかしてくることはないだろう。私は大切な妹のルティエルと国民たちの身の安全が保障されたことに安堵《あんど》した。

その後もしばらく、国を代表する公人としてウィベルと父様は話し合いを続けていた。途中からは兄様たちも同席する。ウィベルは何度か隊商としてこちらに来ていることから、兄様たちと面識があったため、激しい意見交換もあったようだけど、基本的には穏やかに信頼し合っているだろう会話が続いていた。

「――ひとまずここで区切ろうではないか。ウィベルダッド王子よ、この国を……ル・ボランをよろしく頼む」

「はい。私の命を懸《か》けて、必ず守ります」

そうと決まったら、ウィベルはすぐさま帰国するという運びになった。

引き留めたかったけれど、私一人のワガママを通していい話ではない。だけど短い時間だけでも二人きりで過ごしたい、と願い出たら、ウィベルはもちろん両親も快《こころよ》く了承してくれた。

ただ、出立《しゅったつ》は明朝だから疲れさせないように配慮《はいりょ》するのよ、と母様が釘をさしつつ、お茶を準備してくれるなど手配をしてくれた。私たちがしばらくの間会えないから、との配慮《はいりょ》だ。

昨夜はウィベルが私の部屋に窓から侵入してきたけれど、今日は堂々と部屋に招き入れることができた。ちゃんと扉から入ってくるウィベルを見て、内心笑ってしまったのは内緒だ。

お茶を飲み、互いのこれまで過ごしてきた人生を飽きることなく語り合う。私の部屋に隣国の王子ウィベルダッドがいるなんて、不思議な感じがする……。しかも、その王子様は私の結婚相手で、さらに言えば、私を愛してくれる人だ。

私も彼のことが大好きで、体の奥底から彼のことを愛している。だから体も繋《つな》げた――

そこまで記憶を掘り返してしまい、一気に体が熱くなった。

「セラ？」

会話の途中で私が急に黙ったせいか、ウィベルは訝《いぶか》しむ。隣り合ってソファに座っていた私の顔を覗《のぞ》き込むと、頬に手を添え、そちらに顔を向けさせた。

「顔が赤いな。熱でもあるのか？」

心配そうに眉根を寄せるウィベルに、まさかいかがわしいことを思い浮かべていたなどと言えず、彼の手から逃れてカップを手に取りお茶を飲む。

「な、なんでもないわ。それより、もっとあなたのことを――」

「話し足りないのは俺も同じだ。セラのことをもっと知りたい。もっと、わかりたい。セラの好きな色、食べ物、趣味、どんなことでも聞かせてほしい。……日が暮れるどころか一ヶ月かかっても話は尽きなさそうだ」

私の頭に手を伸ばし、数度撫《な》でながら目を細め、ウィベルは苦笑する。それを見て、私は心の底から〝愛されている〟と実感した。

「当然、セラのイイ所も聞きたい」

そう言うと、ウィベルは私の頭に乗せていた手を下降させ、包み込むように胸に触れた。

「い、いいところ、いいところって、ええと……そう！　この先にある大岩から見る日の出はとっても美し――」

「セラ、今すぐお前がほしい」

熱のこもった視線で射抜かれ、私は動けなくなった。ウィベルの瞳の奥に見える情欲の炎は、私を欲して揺らめいている。お互い離れがたく思っていたんだと、胸がときめいた。

「……私も、あなたが……きゃっ！」

ウィベルは私を抱きかかえ、奥の間のベッドに向かって大股で歩く。しかし急にその足が止まり、私がウィベルを見上げると、ある一点に視線を向けていた。そこには衣装部屋に続く道があり、全身が映る鏡が設置されているのだ。公式の行事がある時など、私も身軽な服から気品あるドレスを着る。その際に、全身に不備がないかどうかここで確認するための鏡なのだ。

「ウィベル……？」

人影が映ったことで警戒したのだろうか。しかしこれは鏡なので、気にすることはないのに。私が問いかけると、ウィベルは私を見下ろし、少し微妙な間《ま》を開けてから、にこりと微笑んだ。

えっ、その微笑み、なんだか怖い……

「昨夜……驚くほどがっかりする自分に気付いてな」

昨夜……とは、私の部屋に忍び込んで、両想いになって勢いのまま致したこと？　がっかりしたというのは、つまり私に対して落胆《らくたん》するなにかがあったのかしら。……だとしたら、もしかして嫌われて……と、不安になり始めた私に、慌ててウィベルは言葉を足した。

「違う違う。俺は、あの下着を着けていてほしかった、と言っているんだ」

「……誘惑下着のことですか？」

「ああそうだ。もちろんセラがいればなにも言うことはないが、さらにそれを着ていると、なにかこう、掻《か》き立てられるものがあって……。あれはすごいな」

自国の製品を褒《ほ》められるのは嬉しいけれど、ウィベルはつまり、私に着ろと言っているということ……ですよね？

あんな恥ずかしい思いは二度とごめんだ、と引きつつも、愛しく想う相手の願いを叶えてあげたい気持ちが湧き上がってしまった。

「……惚れた弱みってやつだわ」

「なにか言ったか？」

「いいえ！　……でもごめんなさい。私の部屋には置いていなくて」

リグロからこちらに来るのに、身一つで飛び出してきたので、商品の入った鞄《かばん》はここにはない。この国で手に入れようと思ったら、縫製《ほうせい》している姉様たちを頼るしかなかった。

——でも、なんと言って持ち出せばいいのよ！

これを身に着けて性交渉するので貸してください、と馬鹿正直に言えるわけがない。よしこれで正当な断り文句になったと胸を撫《な》で下ろすと、ウィベルは「大丈夫だ」と言った。

「先ほど、セラの母上からもらったぞ？」

「えっ……！」

「頑張ってね、とも」

まさか母様も誘惑下着の縫製《ほうせい》に一枚噛《か》んでいるということ？　思わぬ伏兵の登場に、私は完全に敗北した。母様はお見通しというわけか。

こうなっては断れず、私はウィベルから小さな包みを受け取る。

「ぜったいに、覗《のぞ》かないでくださいよ！」

どうせ見るのに、というぼやきは聞こえないふりをして、私は衣装部屋に駆《か》け込んだ。


「……どう、ですか」

着替えを済ませた私は、衣装部屋から顔だけチラリと覗《のぞ》かせる。すると、いつの間にか衣装部屋の前まで椅子を持ってきていたウィベルは、そこに腰掛けたまま私を振り返り、首をかしげた。

「見えん」

……そうですよね、顔しか見せていませんからね。

しかし恥ずかしすぎるこの下着では、堂々と表に出るには勇気が必要だ。そこで手前にあった膝《ひざ》掛けを体に巻いておずおずと近付くと、ムッとした表情をされてしまった。

「隠すな。もったいない」

「で、でも、これ……わっ！」

止める間もなく、ウィベルに膝《ひざ》掛けを剥《は》ぎ取られ、椅子の背もたれに置かれてしまった。

体中に帯を巻きつけたような、大胆な意匠の誘惑下着。大半の商品は、胸当てと下穿《したば》きが分かれたものになっているけれど、これは一つに繋《つな》がっている。胸や腰まわりは、ほかの部分より面積が大きめな布が一応宛《あて》がわれているものの、そこだけレースで透けていて乳房の形や先端の突起、さらに下腹部の繁みがうっすら透けて見えてしまっている。私がリグロで売ってきたどの下着よりも過激で、それでいて美しい。

それをウィベルの目の前に晒《さら》してしまい、体温が急上昇する。頬が熱くなり、恥ずかしさのあまり手で隠そうとしたら、立ち上がったウィベルに両手首を捕らえられてしまった。

「セラ、綺麗だよ……ほら、自分でも見てみるがいい」

くるりと体を反転させられ、私は背中をウィベルに預ける。見てみろと言われ、そこでようやく気付いた。私の目の前にあるのは、あの全身鏡だ。

全裸も同然の、鏡の中の私と目が合う。頬は夕日に染まったように赤くなり、目は羞恥《しゅうち》で潤んでいた。

「やだ……恥ずかし……」

恥ずかしい、と思いながらも、私は目を逸《そ》らせなかった。

改めて気付いた。この下着は単に性的な興奮を高めるだけではなく、女体を美しく見せるつくりになっているのだ。

でも、やはり〝誘惑下着〟である。きちんとその機能も果たしてくれている。

ウィベルは私の全身を舐《な》めるように見つめたあと、うしろにぴたりとくっついた。彼の体は私がすっぽり隠れてしまうほど大きく、男であることを強く意識してしまい、胸が高鳴った。すると私の胸の先端がツンと尖り、下着を押し上げてしまう。思わず鏡を見たら、そこでも居場所を知らせるかのように勃ち上がっていた。

ウィベルの指は、ペンダントの鎖をなぞり、うなじを通って鎖骨《さこつ》、そして胸の谷間へと移動していく。そうして、キラリと光を反射して煌《きら》めくル・ボランの星をコロコロと爪弾《つまび》いた。

たっぷり時間をかけて指で体のあちこちを辿《たど》ったあと、胸元へ手を這《は》わせる。

「セラ、どうした？　こんなに尖らせて……」

背後から両手をまわし、私の胸を鷲掴《わしづか》む。けれど胸の先端には触れず、そのまわりでゆっくりと円を描いた。

「柔《やわ》らかくて、気持ちがいい……セラはどうだ？」

「あ……、ん……、ん、ん……」

鏡を見ると、彼の手の動きに合わせて両胸がいかがわしく形を変えている。

「ウィベル……私、その……ここじゃ……」

鏡の前でするのは、あまりにも恥ずかしすぎて辛い。

しかしウィベルは、「そうか？」と言い、一度は私から体を離したのに、なぜか椅子を鏡の前まで移動させた。……って、どうして椅子を持ってくる必要があるのだろう。

なぜかウィベルは自分が椅子に座ると、私を自分の腿《もも》の上に座らせた。

「ちょ、ちょっと……！　ウィベル、なにを……！」

「なるほど、この下着は、ここは隠れないのか」

ここは、と言いながら、ウィベルは私の両膝《りょうひざ》を左右に割る。すると鏡に、私の一番隠すべきところが晒《さら》されてしまった。

この下着は……その部分に当て布がなく、秘裂があらわになるつくりになっていた。少し足を左右に少し開くだけで、簡単に見えてしまう。つまり下着としての機能を果たさず、脱がさなくともすぐさま挿入可能、といった具合だ。

そんなものを、どうして娘の婚約者に渡すかな、母様！

「ああ、もう濡れている……セラはいやらしいね」

耳元でささやかれた卑猥《ひわい》な言葉に、私はぞくりとして、全身が粟立《あわだ》った。

この下着を着て、少し……そう、少しウィベルに胸を揉《も》まれただけなのに、私のそこは、まるでその先を期待するかのように、すっかり受け入れる準備を整えていたのだ。そんな自分がはしたなく感じ、内心身悶《みもだ》える。

自分の体が淫《みだ》らに反応しているのに気付いた途端、胸に触れるレースや肌を滑《すべ》る下着の紐すらも私の心を乱す道具になった。

「ほしがりだな……涎《よだれ》をこんなに垂らして」

私を抱きかかえたまま、ウィベルは私の下腹部に手を伸ばす。蜜の湧き出る秘裂を指で左右に開いて、鏡越しに見せつけてきた。そこは……自分でもわざわざ見ることのない、ましてや他人に晒《さら》すことなどありえない秘すべき箇所だ。そんなところをウィベルは押し開いてくる。

蜜液は、私が見ているその前で、とろりと溢《あふ》れてお尻へ向かって垂れていく。そして、秘裂の上部の花芽は、普段とはまったく違う大きさに、ぷっくりと膨《ふく》らんでいた。花唇も蠢《うごめ》き、ウィベルが欲しくて堪《たま》らないとでもいうように疼《うず》く。

あの昂《たか》ぶりで、私の奥のあそこを突き、いっぱい擦《こす》り上げてめちゃめちゃにしてもらいたいと願う自分に気付き、恥ずかしさで顔が熱くなる。

「いやらしくてほしがりなセラのこと、俺は好きだよ」

耳元に口を寄せたウィベルのささやきは、甘美な痺《しび》れとなって私の肌に伝わっていく。小さく震《ふる》えた私の耳たぶを唇で軽く食《は》みながら、ウィベルは見せつけるように広げていた指を外す。そうして、つぷりと指を一本蜜口に潜《もぐ》らせた。

「あっ……！」

蜜を零《こぼ》すほど濡れたそこは、ウィベルの節くれだった太い指を容易《たやす》く呑み込む。指よりも数倍大きい昂《たか》ぶりを受け入れたこともあるのに、指一本だけでも膣道への圧迫感があった。

「締め付けてくる……指でこれでは、ひとたまりもないな」

そう言うと、ウィベルはさらに指の数を増やす。そして、秘壺の壁を解《ほぐ》すように、ゆっくりと抽挿を始めた。

「んっ、く……うっ……ん、んっ……」

ぐちょぐちょと掻《か》き乱されると、腰のあたりが甘く溶けてしまいそうになる。

「また奥から溢《あふ》れてきている……気持ちいいか？」

「っ……、ん……、きもち……いい、で……す……っ」

頭の中が痺《しび》れているいま、普段であれば決して口にすることのないはしたない言葉が、あっさりと零《こぼ》れ出てしまう。

「セラ、顔を上げて」

理性を手放さないように、いつの間にか目を瞑《つむ》っていた私は、言われた通り顔を上げ、うっすらと瞼《まぶた》を開く。すると、鏡の中にはすっかり陶酔《とうすい》した女の表情を浮かべる自分がいた。

「や……っ！」

「ほら、聞こえるだろう？　こんなにも涎《よだれ》を垂らしてほしがっている音が」

鏡の中の自分は、ささやかれる言葉に頬を赤く染め、羞恥《しゅうち》で瞳を潤ませ、そして両足を大きく広げてウィベルの指を三本易々と受け入れている。ぬちゃぬちゃと音がするたびに体液がとろりと零《こぼ》れ落ち、寒気にも似た震《ふる》えに体を揺らす。

なんて、恥ずかしい姿を……！

誘惑下着を身に着けたまま、そして鏡に映ったまま、このように愛撫《あいぶ》されて、居《い》た堪《たま》れなさを感じる。

ベルエが愛人と淫蕩《いんとう》に耽《ふけ》っていたあの姿が、ふと頭をよぎる。……少しだけ、彼女の気持ちが理解できてしまった。誘惑下着を販売している時、夫人たちは『いつも同じ手順でされると飽きちゃうのよね』と、行為についてささやいていた。この誘惑下着は、そのいつもの行為に変化をもたらすために買われていたものだ。彼女たちはどんどん強い刺激を求めるようになり、初めは少し透けているだけの軽いものだったのが、徐々に肌の露出が多くなり、紐が細くなり——今、私が身に着けているような際どいものになっていった。

私は経験の浅い初心者なのに、身に着けている下着はかなり過激だ。それなのに、こんな大胆な下着を身に着け、快楽に身を任せ、男にしなだれかかっているなんて……こんな風になるなんて、少し前の自分だったら信じられなかっただろう。でも、心から愛しいと思える相手となら、そして心から信頼できる相手とならば、こうして繋《つな》がり合うのは、悪いことではない。

淫《みだ》らな行為の中、幸福感で満たされていると、びくん、と背筋に痺《しび》れが走った。

「見えるか？　すっかり勃ち上がっているぞ。……ここはどうだ」

ウィベルは私の蜜口の少し上の尖る淫芽を指の間に挟み、こりこりと扱《しご》いた。力は入れられていないはずなのに、その強烈な刺激はこれまでの比ではなく、背中がしなり、ウィベルの服を指先が白くなるほど握《にぎ》りしめた。

「ひ、あ、あっ、んっ……んあっ……ああっ、あっ！」

嬌声《きょうせい》が漏《も》れ出るたびに体がビクンビクンと勝手に跳ねる。さらに、うしろから大きな掌《てのひら》が私の胸を包み、先端の頂《いただき》をきゅうっと摘《つ》まんだ。

ひゅっと息を呑み、そして足が跳ねる。ダメ、このままじゃ、私、壊れちゃう——！

「いい声だ……もっと、聞かせろ……もっとだ……」

意地悪なささやきが耳たぶを掠《かす》め、湿った吐息が私の限界を突き破った。

「あああっ、あ、あんっ、ん！　あっ、あっ、や、だ……や、んんっ、イ、イ、ク……！」

ぱん、と泡が弾けるような感覚があり、真っ白な世界へといざなわれる。そして、遅れてやってきたのは体中が大きく震《ふる》える痙攣《けいれん》——

「……うっ、ん……っ」

爪先《つまさき》に力が入り、ぎゅうっと丸めていたのが伸び、徐々に力が抜けていく。体の震《ふる》えは大きなものから、ゆっくり、ゆっくりと小刻みなものに変わり、くたりと全身の筋肉が緩んだ。

「達したか」

ウィベルは喜色《きしょく》を浮かべた声で、私を、きゅうっと抱きしめた。その力加減がやたらに優しくて、なぜか目に涙が滲《にじ》む。

しかし、ここで私は気付いてしまった。今、私はウィベルの腿《もも》の上に座っているのだけど、腰の——お尻のあたりに、硬くて、熱くて、ドクドクしているものが……ある。

どくん、と心臓が高鳴った。

ウィベルは……興奮している……私を、求めているんだ。

こくり、と喉が鳴る。今、達したばかりで気だるいけれど、快楽の喜びを知った私の体は、ずくずくと疼《うず》き、彼をほしがって止まらなかった。

ウィベルにいつも身を任せてしまっていたけれど……彼にも気持ちよくなってもらいたい。私は少し体を前にずらすと、うしろ手にウィベルの下穿《したば》きの前をくつろげる。

「……セラ？　なにを」

「っ……、ウィベル……一緒に……気持ちよくなりたくて……」

ぎちぎちに張りつめた男の劣情が、狭いところから解放された途端、自身の臍《へそ》につきそうなほど反《そ》りかえる。触ったことはないけれど、私はその熱の塊《かたまり》を掌《てのひら》で包み、ゆっくりと手を上下させた。

「……っ！　セラ、それよりも……！」

「私だって、ウィベルに気持ちよくなってほしいのです」

男性の象徴であるそれは、片手の中には収まりきらない。両手で軽く握《にぎ》り、屹立《きつりつ》に沿って扱《しご》いていく。

私のつたない手つきでは、ウィベルが満足するには程遠いだろう。もっと……こういうことを勉強しておけばよかった。姉様たちなら、きっと旦那様へのご奉仕の仕方を喜んで教えてくれただろう。リグロに嫁ぐ前に、勉強しておこうか……と、そう遠くない未来について考えた。

その間も頭上から、やけに艶《つや》めいた吐息が零《こぼ》れ落ちる。こんなへたくそな私の愛撫《あいぶ》でも感じてくれているのかしら、と思ったら、愛おしさが込み上げる。

私は扱《しご》く手を止めると、腰を高く上げた。そして、自分の蜜口にウィベルの剛直の先端をひたりと宛《あ》てた。

攻撃的なまでに太くてがちがちに硬いのに、先端は滑《なめ》らかで、あっさりと私のナカに潜《もぐ》り込んでいく。

「っ……！　あ……」

自分の加減で徐々に腰を落としているはずなのに、私のナカが戦慄《わなな》き、奥へ奥へと呑み込んでいった。内臓が圧迫されて苦しい……のに、体中が喜びで満たされていく。ウィベルをふたたび私の体内に受け入れることができ、心も体も繋《つな》がっている幸せに包まれた。

「んっ……おっき……い……」

小さな震《ふる》えが肌に広がる。ただ挿入するだけでも、自分でとなると加減が非常に難しい。油断すると、あっという間にあの光に呑み込まれてしまいそうだ。

「……くっ、キツいな……」

ウィベルも、奥歯を噛《か》みしめて堪《こら》えているらしい。私のナカで感じてくれているのだと思うと、興奮する。

ウィベルの膝《ひざ》に手をかけ、腰をより深く落とす。にちにちとした粘液が潤滑油《じゅんかつゆ》となり、ようやくすべてを収めることができた。

「はい……っ、た……」

いつの間にか呼吸を止めていたようで、胸に溜まった空気をそろそろと吐きだした。下腹部が、うずうずする。とくに強く疼《うず》いている場所をつきとめるべく、蜜壺《みつつぼ》の、ここ……ここかな……？と、腰を揺らしてみた。すると私は膝裏《ひざうら》を掴《つか》まれ、ぐっと高く持ち上げられた。

「きゃ……！」

「俺のを咥《くわ》え込んだところを、よく見るんだ」

言われるままに鏡へ視線を戻すと、大きく足を広げられた私の、生々しい姿が目に飛び込んできた。凶暴なまでに硬くて太いウィベルの劣情を、私の秘裂がずっぽりと咥《くわ》え込み、その端からは淫《みだ》らな涎《よだれ》を零《こぼ》している。

「や、やだ……恥ずかし……いや……」

あられもない姿に、全身の血が沸騰《ふっとう》するかと思うほど熱くなった。しかし、私はそんな辱《はずかし》めを受けたのに、なぜか胸が切なくなり、下腹がきゅうっと疼《うず》く。

「恥ずかしいのに、奥からどんどんいやらしい蜜が溢《あふ》れてくるな……これも気持ちがいいのか？」

はっきりと言葉にされて、よりいっそう恥ずかしさが増した。こんなあられもない格好をしている自分が信じられない。でも、ウィベルの問いかけに自然と言葉が口から出た。

「きもち……いい……で、す……」

は、は、と息を吐く振動でさえも、全身がじんじん痺《しび》れる。こんな異常な光景に興奮している自分は、おかしくなってしまったのではないか。

「いい子だ……セラ、かわいいよ」

ウィベルはようやく私の足を下ろし、椅子にかかった膝《ひざ》掛けを床にひらりと広げ、繋《つな》がったままの状態で私をその膝《ひざ》掛けに下ろす。私に四《よ》つん這《ば》いの格好をさせて、ぐっとお尻を高く持ち上げた。

「……っ!!」

すでに埋まっていた楔《くさび》が、さらに奥へぐうっと押し込まれていき、その圧迫感に息ができなくなる。蜜液を絡めながら膣道に侵入してくるそれは、ウィベルの劣情の証《あかし》だった。

「あ……あ……」

目の前がチカチカと光り、眩《まぶ》しくて仕方がない。少しでも動けば、意識を飛ばしてしまいそうなほど強い刺激に、喉がきゅうっと狭まって声が出なくなる。

それなのに、私の下腹の奥にある熱は、もっと、もっと、と刺激を欲《ほっ》した。胸が切なくなり、背中を反《そ》らした途端、ぐんっと杭を深いところまで押し込まれる。そうされると、もう堪《たま》らなかった。

その瞬間、突然雷《かみなり》に打たれたように、ビクン、ビクン、と大きく痙攣《けいれん》した。

「や、やあっ、あああっ！」

乱されて解《ほぐ》された私の体は、あっさりと絶頂を迎えてしまう。

「達したか」

幾分辛そうな声のウィベルは、ぐっと我慢しているようだ。

短く呼吸を繰り返しながら、私はくたりと体から力が抜けた。

——ああ、私は幸せだ。

いやらしい言葉で攻められても、意地悪な悪戯《いたずら》をしながら体を求められても、愛しく想う相手からなら嬉しいいし、気持ちがいい。

「動いても大丈夫か？」

全身にびっしりと汗をかいた私は、ハァハァと息を吐きつつ、こくりと頷《うなず》いた。それを確認したウィベルは、私の腰を抱え直し、慎重《しんちょう》に動き出す。私の秘壺はウィベルの質量に馴染《なじ》んだのか、抽挿するたびに、ぬちゃぬちゃといやらしい音を立てる。痛みはもう感じなかった。

突かれるたびに膣壁が擦《こす》られ、その刺激に小さく啼《な》き続ける。そうして、彼のものが私のナカのある一点に触れた瞬間、ビクン、と大きく体がしなった。

「っあ、っ、ひぃあっ、あん、あっ！」

するとウィベルは反応の大きかったそこを、わざと抉《えぐ》った。肉同士の当たる音が次第に大きくなっていく。彼の先端で擦《こす》られるたびに私は追いつめられ、逃げたくて切なくて苦しくて——

「や、やっ、んん、んっ、ウィ、ベル……！」

私に覆《おお》いかぶさったウィベルは、片手で私の胸をゆっくりと揉《も》みしだき、先端を指で摘《つ》まんでくにくにと嬲《なぶ》る。すると、下腹部がきゅうっと切なくなった。その途端、耳元でひゅっと息を吸い込む音がした。

「つく……反撃か？」

「ち、違……っ！」

涙声で反論しようとしたところ、彼の指が結合部から滴《したた》る愛液を絡め取り、いやらしくも敏感《びんかん》な恥豆を捕らえた。

「んあ、あああっ！　や、やあああああっ！」

優しく、そしてたまに爪弾《つまび》きながら抽挿を繰り返されると堪《たま》らない。

「あんっ、あっ、あ、あっ、や、だ、ダメ……っ！　ウィベル、わたし、も……もう……！」

大洪水となった秘壺からは、ぱちゅぱちゅとあられもない音がして、恥ずかしさで消えてしまいたくなる。それに、もう私は限界だった。これ以上長引けば、意識を手放してしまうかもしれない。

「すこし……無茶をさせるがいいか？」

——なんでもいい、とにかく私のナカに渦巻《うずま》く激情をなんとかしてくれるなら！

苦しさから解放されたくて必死で願うと、ウィベルは愛撫《あいぶ》の手を止めて私の両手首を、それぞれの手で握《にぎ》り、うしろに軽く引っ張る。すると私は上体を反《そ》らす格好となり、胸がふるりと突き出された。私はその不安定な体勢にぞくりと震《ふる》える。

それからウィベルは、欲望の赴《おもむ》くまま腰を突き上げた。

「あああっ！　んあああっ！　あっ！　や、やっ、やあっ、あっ、ああっ！」

息つく間もなく攻め立てられて、心臓がバクバクとうるさい。

「ウィベル、ウィベル……！」

何度も何度も繰り返して名前を呼び、ウィベルも「セラ！」と何度も何度も繰り返した。

腰の動きが速まり、欲望の証《あかし》が大きく膨《ふく》れ上がったと思った次の瞬間、ウィベルが一段と奥深くに突き挿した。

あ……また……！

「きゃあっ、あ、ああっ!!」

「……！」

どくり、と吐精された感触を、一番奥に感じた。私のナカは、ウィベルの剛直にまだ残っているのを搾り取ろうとしているのか、びくん、びくん、と小刻みに痙攣《けいれん》する。

はっ、はっ、はっ、と全力疾走した時のような呼吸で心臓が破裂してしまいそうなほど苦しい。

けれど、満たされた想いと、最も深いところで繋《つな》がった充足感から、幸福を噛み締めた。

終章

「遅い！」

「期限には間に合っただろう？」

「期限には間に合ったけれど、間に合わなかったものもあるわ！」

――あれから一年が経った。

リグロ王国とル・ボラン大公国が併合するにあたり、政治的なやり取りが膨大にあるため、合意に至るまでには早くても二年はかかる、と見積もっていた。

それらがすべて済んでから、私はウィベルのところへ輿入《こしい》れすることになっていたのだが……

『一年で決着をつけてみせましょう』と、ウィベルは豪語し、事実それをやってのけて、私を迎えにきた。

出会いから、怒涛《どとう》のように日々が過ぎ、ウィベルのおかげでル・ボランはレイモンの魔の手から逃れることができた。その際、私も多少なりとも役に立てたと信じたい。

この短い間に私はウィベルを心から愛し、一生を共にすると心に刻んだのだ。

一年前、ここル・ボランで結婚の約束をし、ウィベルが自国へと戻っていったあと。私は彼の妻となるべく、より本格的な教育を受けながら待っていた。

そしてようやく、今日この日を迎えたのである。

併合に関するすべてのことを一年で決着させて来てくれたのは、並大抵のことではなかったとわかっている。わかっているけれど……勝手ながら、あともう少し早く来てくれれば、という想いもあった。

しかし、そんな私の想いなど知る由《よし》もないウィベルは、心底不思議想な顔をしている。

「間に合わなかったものって……なんだ？」

「なんだと思う？」

「セラ……？」

猫足のソファにゆったりと座って腕を組みながら、扉の傍に立ち尽くす男を観察していると、少しも考えが及ばないようで大変弱り切っているのが見て取れた。

ちょっと言いすぎちゃったかな……？

そう思い、少しだけ手掛かりをあげようとした瞬間、私の傍に置かれた一抱えもある籠《かご》から、小さな声が上がった。

「あっ……起きた？」

その中に視線を落とし、次いでウィベルに視線を戻す。すると彼は、まさか、と信じられないような顔で目を見開いていた。

「セラ……そこにいるのは……」

戦場では負け知らずと言わしめた男が、見る影もなく甘い顔をしている。しかし私はもったいぶって「なんでしょう？」と言って答えなかった。

「色々と言ってほしいことがあるの、私は」

つんと横を向いて、ウィベルの出方を待つ。すると、私の意図を汲《く》み取ったのか、「あ～」とか「うん……」と言ったり、咳払《せきばら》いをしたりしながら言葉を模索《もさく》し始める。

「エリクセラ、待っていてくれてありがとう。それから、えー、一度しか会いに来れなくて悪かった」

「ほかには？」

「愛してる」

「もう一度」

「愛しているよ、セラ。……なあ、頼む。早くその籠《かご》の中を見せてくれ！」

私の許可がなくても、ほんの数歩近付けば籠《かご》の中は見える。けれど、律儀に私の許可を得ようとするウィベルに、意地悪な気持ちが溶けていった。

私はそっと籠《かご》に手を伸ばす。柔《やわ》らかくて温かな、宝物だ。

「ごめんなさい。あなたがとても頑張ってくれたのはわかっているけれど、どうしようもなく寂しかったの。だから、ウィベルの口から気持ちを確かめたくて意地悪しちゃった。はい、お待たせ」

私の腕にすっぽりと抱きかかえられているのは——小さな、小さな、赤子だ。

「……っ！」

一目見るなり、ウィベルは駆《か》け寄り私の肩を抱き寄せた。

「セラ……！　セラ、もしかして……！」

「もちろん、あなたと私の子よ。私こそごめんなさい、黙っていて」

一年前。ウィベルがリグロに戻り、私は寂しく思いつつも、王太子の彼を支えるべく、必死に勉強に励んでいた。しかし、ふとした時にさまざまな思い出が蘇《よみがえ》り、切なくて苦しくて、日に日に体調を崩してしまったのだ。

心の拠《よ》り所として、ウィベルからもらったペンダントがなければどうなっていたか……。しかしそれでも心は弱っていく。

無意識に手はペンダントに触れ、握《にぎ》り締め、それを見た家族に何度も慰《なぐさ》められたけど、ぽっかり空《あ》いた心の穴は埋まらなかった。

そんな私を心配して、父様が連絡を取り、仕事に忙殺される合間を縫《ぬ》って一度だけウィベルが会いに来てくれたことがあった。

好きだ、愛している、と溺《おぼ》れそうなほど甘い言葉をたっぷりと私に降り注《そそ》ぎ、しかし私の体調を気遣って抱きしめるだけにして、とんぼ返りで帰ってしまった。けれど、お陰で私の心には幸せが満ちた。

政務で忙殺されているウィベルにここまでさせてしまい、妻となるんだからしっかりしなきゃ！と自《みずか》らを奮《ふる》い立たせ、ふたたび勉強に向かおうとしたところ——気付いた。

あれ……？　私、月のものが……来ていない……？

日々に追われていた私は、そのことに気付くのが遅れた。すぐに母様に相談したところ、同じ国内に嫁いだ双子の姉様たちと共に、様々な準備を整えてくれたのだ。

特に姉様たちは、二人とも半年ほど前に出産を終えたばかりだったので、とても力になってくれた。

――ここに、ウィベルとの子が、いる。

会えない日々が続いても、下腹にそっと手を当てるだけで、体中が愛で満たされた。

リグロまで行って、あちらで出産を……と考えなくもなかったけれど、身重《みおも》の体での長距離移動は難しく、そうこうしている間《ま》に厳しい冬がやってきてしまった。雪深くなるこの時期は、隊商も来られず、手紙を託そうにも叶わなかったのだ。

「だから……教えるのが遅くなってごめんなさい」

往来の可能な時期にリグロへ行こうと父様たちと相談していたら、先にウィベルが来た。だから、図らずも驚かせる格好になってしまったけれど、許してもらえるだろうか。

ようやく首が据《す》わったかどうかのふにゃふにゃの子供を、ウィベルの腕に渡す。彼は、薄氷でも扱うかのようにこわごわと抱きかかえ、じっと我が子を見つめる。そんな彼を見て、胸の中にじわっと温かいものが溢《あふ》れてくる。

「俺の子だ……」

ふ、と赤子がウィベルを見上げると、その瞳はウィベルと同じ色をしていた。

「そうよ。……ねえこの子、男の子なの。ほら、口の形とか、耳の形とか、ウィベルにそっくりだと思わない？」

「……そうか、そうか……」

何度も何度も頷《うなず》くウィベルをそっと覗《のぞ》き見ると、目の端にうっすらと涙が滲《にじ》んでいることに気付く。つられて私も涙が零《こぼ》れてしまい、こっそりと眦《まなじり》を拭《ぬぐ》った。

ウィベルが父親だと本能でわかるのか、赤子はもぞもぞと動いたかと思うと、すぐに眠りについた。私がいくら寝かしつけようとしても寝ない子なのに、と妙な嫉妬《しっと》が浮かぶ。

黙っていたら何時間でも抱っこしていそうなので、先ほどの籠《かご》に誘導した。ウィベルはまたもやびくびくと怯《おび》えながら慎重《しんちょう》に寝具へと寝かす。

幸いにも赤子はぐっすり眠りに入ったようで、安心した私は掛布団を直してからウィベルとすぐ傍のソファに並んで座った。

「驚いた」

端的な感想だけど、その一言にすべてが込められている。私はクスクスと笑いながら、ウィベルの膝《ひざ》に手を置いた。

「私だって驚いたわ。けれど、あなたとの子だから頑張れたの」

――母になるということはね、強くなるということなのよ。

母様の言葉を胸に、大きくなるお腹を抱え、そして出産に臨《のぞ》んだのだ。

「ありがとう、セラ。それからごめん。傍についていたかった……」

「仕方ないわよ、そういう状況じゃなかったわけだし」

笑いながら言った瞬間、がばりと抱きしめられた。

「愛してる……愛してる」

連呼されると、嬉しさより恥ずかしさのほうが上回ってしまい、思わずむせた。

「わ、わかったから！」

力任せに抱き寄せられたので、少しだけ緩めてもらい、ようやく呼吸が楽になる。

よかった……あの時のままの……私が好きなウィベルのままで、よかった。

会えない時間が長かったので、気持ちの変化があってもおかしくない。私はこの子がいたから、いつだってウィベルを近くに感じることができたけれど……

私は心の奥底で不安に思っていた気持ちを、こっそりと溜息と共に吐き出した。


――一年前、離れ離れになる直前の夜。この部屋で、ウィベルにたっぷりと愛された。私が達して意識を飛ばしたあとも、そして目が覚めてからも、何度も何度も彼の男根は私の最奥を目指して白濁を吐き出した。

その結果……よねぇ……？

こうやって我が子に出会えたので、まったく後悔していない。けれど、産後すぐウィベルに会わせられなかったことは、残念で仕方がなかった。その想いがポロリと滑《すべ》り落ちる。

「弟や妹、ほしいな……。ねえ、リグロに行ってから……その……」

「……なにが？」

「い、意地悪っ！　わかってるくせに！」

子作りを暗におねだりしたことは、十分に伝わっているはず。それなのにわざわざ聞き返すって、意地悪だ。

私の家は、父様、母様、二人の兄と三人の姉、それから私と妹一人、という大家族だ。お国柄というのがあるかもしれないけれど、仲良くしたり喧嘩《けんか》したりと大変賑《にぎ》わいがある。だから私もそんな家族を作りたいと思っていた。リグロに行ったら、もう何人か——とそこまで考えてから、あることに気付いた。

……子作りということは、つまり、あんなことやこんなことをするわけで。

煮えたぎる湯の中に飛び込んだように体中が一気に熱くなる。

この一年というもの、妊娠、出産、子育てで忙しく、さらに夫となるウィベルが傍にいないことから、すっかりその行為について頭から抜け落ちていたのだ。

「ああ、たくさんしよう。毎日」

「ま、毎日!?」

ベッドの上で激しく求められたことを思い出し、血の気が引く。あれを毎日なんて、私、壊れちゃう……！

「それと——」

ウィベルは、籠《かご》の中にいる我が子がぐっすり寝入っているのを確かめてから、私の背中に手をまわし、もう片方の手で私の顎《あご》を捕らえた。

なんだろう、すごく嫌な予感しかしない。

じり、と体を引こうとしたら、腕に力を込められて動けなくなる。

「あの下着も必要だな」

「……えっ？」

「セラがリグロで売らなくなって、裏ではかなり話題になっていたぞ？」

ないとわかれば、さらにほしくなるのが心情というもの。社交界で噂が広まっているらしい。そして、それを聞きつけたコウロが商売人の顔をしてウィベルに持ちかけ、彼の耳に入ることになった、というわけだ。コウロはこう言ったそうだ。

――裏イヤル商会で販売しようか？　と。

妻であるリータ姉様なら間違いなくうまくやれるだろう。

「そ、そう……求める声が多いなら、やってもいいんじゃないですか」

しかしウィベルは私の体を離さず、さらに顔を近付けてくる。

「セラも着てくれ」

よっぽどお気に召《め》したのですか……と、私は今後を思いやり、頭が痛くなった。

「そうだ、この部屋へ来る前に義兄からこれをもらった」

そう言って、ウィベルが懐《ふところ》のポケットから取り出したのは、掌《てのひら》ほどの大きさの本。古ぼけていて、随分《ずいぶん》と歴史を感じる。

見るか？　とウィベルが片手で器用に頁をめくると、そこには――

「な、な……！」

男女の裸体の横に、なにやら解説がぎっしりと載っている。複雑に絡み合った体位での接合部分や、気分を変えるために必要な小道具の説明など……なに、これ……

背中に嫌な汗をかきながら、ぎこちなくウィベルと顔を見合わせると、「閨房術《けいぼうじゅつ》の教科書だそうだ。あの下着といい研究熱心なんだな、ル・ボラン大公国の国民は」と苦笑した。

その本の最後のあたりには、あの誘惑下着の事細かな図解や使用用途などが描かれており、私は、恥ずかしさと居《い》た堪《たま》れなさで消えてしまいたくなる。奔放《ほんぽう》すぎじゃないか、私のご先祖様たちは！

うわあっ、と頭を抱える私に、ウィベルは肩を揺らして笑い、ふたたび頬に手を当ててきた。

――ル・ボラン大公国は一年の半分を雪で覆《おお》われていて娯楽が少ない。だからこそ、家の中で大人が楽しめるこういうことが発展したのは知っていたけれど……研究されてきたのが、誘惑下着だけじゃなかったとは。

「ぜひ実践しよう。最初から最後まで、じっくりと」

「そ、そんな、あの、私、そ……」

「なに、時間はたっぷりある。それこそ一生な」

ウィベルの顔が、ゆっくりと近付いてきて重なる。私は唇に触れた柔《やわ》らかさを感じながら、この人には一生敵《かな》わない、と思った。

甘く淫らな　Noche ノーチェ　恋物語

貪り尽くしたいほど愛おしい！

定価：本体1200円+税

魔女と王子の契約情事

著 榎木《えのき》ユウ　イラスト 綺羅《きら》かぼす

深い森の奥で厭世的に暮らす魔女・エヴァリーナ。ある日彼女に、死んだ王子を生き返らせるよう王命が下る。どうにか甦生に成功するも、副作用で王子が発情!?　さらには、エッチしないと再び死んでしまうことが発覚して――。一夜の情事のはずが、甘い受難のはじまり!?　愛に目覚めた王子と凄腕魔女のきわどいラブ攻防戦！

二度目の人生はモテ道!?

定価：本体1200円+税

元OLの異世界逆ハーライフ

著 砂城《すなぎ》　イラスト シキユリ

異世界でキレイ系療術師として生きるはめになったレイガ。瀕死の美形・ロウアルトと出会うが、助けることに成功！　すると「貴方を主として一生仕えることを誓う」と言われたうえ、常に行動を共にしてくれることに。さらに、別のイケメン・ガルドゥークも絡んできて――。昼はチートで魔物瞬殺だけど、夜はイケメンたちに翻弄される!?

詳しくは公式サイトにてご確認ください。

http://www.noche-books.com/

掲載サイトはこちらから！

～大人のための恋愛小説レーベル～

ETERNITY
エタニティブックス

装丁イラスト／芦原モカ

エタニティブックス・赤

恋に落ちたコンシェルジュ

有允《ゆういん》ひろみ

彩乃《あやの》の働くホテルに、世界的に有名なライター、桜庭雄一《さくらばゆういち》が泊まりにきた。彼は、ホテルにとって大切な客。だけど——とんでもないプレイボーイだった！　初対面で彼女を口説き、キスまで仕掛けてくる雄一。彼には極力近づかないと、彩乃は決意する。なのに……なぜか雄一の専属コンシェルジュを担当する羽目に⁉

装丁イラスト／朱月とまと

エタニティブックス・赤

これが最後の恋だから

結祈《ゆうき》みのり

恋人にフラれたことをきっかけに、地味子から華麗な転身を遂げた恵里菜《えりな》。過去を忘れるべく日々仕事に打ち込んでいたが、そんな彼女の前に、かつての恋人が現れる。もう恋なんてしない！　と固く誓う恵里菜をよそに、彼は強引に迫ってきて……⁉　執着系男子 × 意地っ張り女子の、過去から始まるラブストーリー。

※エタニティブックスは大人の女性のための恋愛小説レーベルです。ロゴマークの色で性描写の有無を判断することができます（赤・一定以上の性描写あり、ロゼ・性描写あり、白・性描写なし）。

詳しくは公式サイトにてご確認ください。
http://www.eternity-books.com/

携帯サイトはこちらから！

丹羽庭子（にわ にわこ）

静岡産・静岡育ち。2010年よりweb小説を書き始める。恋愛とファンタジーが好み。鳥が好きで、鳥グッズをついつい集めてしまう。

イラスト：虎井シグマ

密偵姫《みっていひめ》さまのマル秘《ひ》お仕事《しごと》

丹羽庭子（にわ にわこ）

2017年 2月28日初版発行

編集－斉藤麻貴・宮田可南子
編集長－塙綾子
発行者－梶本雄介
発行所－株式会社アルファポリス
〒150-6005 東京都渋谷区恵比寿4-20-3 恵比寿ｶﾞｰﾃﾞﾝﾌﾟﾚｲｽﾀﾜｰ5F
TEL 03-6277-1601（営業） 03-6277-1602（編集）
URL http://www.alphapolis.co.jp/
発売元－株式会社星雲社
〒112-0005東京都文京区水道1-3-30
TEL 03-3868-3275
装丁・本文イラスト－虎井シグマ
装丁デザイン－MiKEtto
（レーベルフォーマットデザイン－ansyyqdesign）
印刷－中央精版印刷株式会社

価格はカバーに表示されてあります。
落丁乱丁の場合はアルファポリスまでご連絡ください。
送料は小社負担でお取り替えします。

ISBN 978-4-434-23025-7 C0093